Herausgeber: Norbert Güttes, Stuart Wright
Text: Norbert Güttes
Illustrationen: S.Wright & A.Ribowski
Copyright bei den Herausgebern
ISBN 3-89811-460-0
Herstellung: Libri Books on Demand

Widmung

Dieses Buch
ist allen Menschen
gewidmet
die ihre Heimat
verließen
weil politische
Machtverhältnisse
ihnen Lebensformen
aufzwingen
wollten
die sie nicht mit
ihrem
freiheitlichen
Bewußtsein
vereinbaren konnten
Möge
aus Erinnerung
Hoffnung
erwachsen
auf daß
alle Menschen
in Freiheit
leben können

Lettische Märchen

Aus dem Lettischen übertragen von
Alexander Ribowski
und überarbeitet von
Norbert Güttes

Cover und Illustrationen:
Stuart Wright
Alexander Ribowski

Herausgeber
Norbert Güttes, Stuart Wright

1. Auflage-1983

Die Zaubermühle

Vor langer Zeit lebten zwei Brüder. Der eine war arm und der andere sehr reich. Der reiche Bruder mochte den armen Bruder nicht und machte stets einen großen Bogen um dessen armselige Hütte.
Es kam der Tag, da hatte der arme Bruder nicht einmal ein Stück Brot für seine Kinder. Nicht einen Pfennig hatte er in seinen Taschen. Deshalb ging er zu seinem Bruder, um ihn um ein Stück Brot zu bitten. Als der reiche Bruder ihn kommen sah, griff er eine alte vergammelte Schweineschulter und warf sie seinem armen Bruder vor die Füße. »Was willst du hier? Da, nimm die Schweineschulter und lauf von mir aus zur Hölle damit! Vielleicht kaufen die Teufel sie dir ab«, schrie er seinem Bruder zu und schloß das Fenster. Der arme Bruder bedankte sich auch noch für diese Gabe und machte sich auf den Weg, die Hölle zu suchen. Er weinte bitterlich. Da tauchte plötzlich ein weißes Männlein auf: »Warum weinst du?«
»Ach«, antwortete der arme Mann, »mein Bruder schickt mich zur Hölle, um diese Schweineschulter zu verkaufen. Ich kenne aber nicht einmal den Weg dorthin.« - »Deswegen weinst du? Das ist doch Unfug. Höre zu, was ich dir zu sagen habe. Tatsächlich lieben die Teufel Schweineschulter sehr, und sie bereiten sich immer ein Festessen daraus. Den Weg findest du ganz leicht.« Das Männlein deutete auf einen schmalen Pfad: »Du gehst immer diesen Pfad entlang, der führt geradewegs in die Hölle. Eines merke dir aber, verlange kein Geld für die Schulter, sondern die kleine Mühle, die achtlos in einer Ecke liegt.«
»Was soll ich mit einer Mühle anfangen? Meine Kinder brauchen Brot!« wandte da verzweifelt der Mann ein. »Mit dieser Mühle kommst du auch zu Brot. Habe nur Vertrauen zu mir.« Der arme Bruder bedankte sich und ging den beschriebenen Weg. Schließlich kam er auch zur Hölle, aber ein großes Tor versperrte ihm den Weg hinein. Er rüttelte und klopfte, bis ein dreiköpfiger Teufel herauskam und ihn fragte, was er wolle.
»Ich hätte hier eine Schweineschulter zu verkaufen.« - »Was? Eine

Schweineschulter? Mmm... das ist sehr gut! Was willst du dafür haben?«

»Was kann ich schon dafür verlangen! Gib mir nur die kleine Mühle, die in der Ecke herumliegt, die würde schon reichen.«

»Nein, die nicht! Verlange etwas anderes!«

»Etwas anderes brauche ich nicht. Gib mir die Mühle, und alles ist in Ordnung.«

»Nein, die nicht!« widersprach der dreiköpfige Teufel. Der arme Bruder sah aber schon, daß dem Teufelsknecht bereits das Wasser in den Mündern zusammenlief und er sich die Lippen leckte. Beharrlich bestand er auf die Mühle. Letztendlich stieß der Teufel die Mühle mit dem Fuß zu ihm hin, er solle sie sich nehmen. Dann ergriff der Teufel schnell die Schweineschulter und lief in die Hölle zurück. Der arme Bruder beeilte sich, nach Hause zu kommen. Unterwegs traf er wieder auf das weiße Männlein. »Nun, hast du die Mühle bekommen?«

»Bekommen habe ich sie schon, aber was soll ich mit ihr anfangen? Ich habe nicht ein Korn, es damit zu mahlen. Hätte ich doch lieber etwas Geld verlangt, dann könnte ich wenigstens einen Kanten Brot kaufen.«

»Du weißt es nicht besser, deshalb redest du so. Die Mühle wird dir nicht nur Brot besorgen; sie schafft dir alles an, was du benötigst. Du mußt dir um deine Zukunft keine Sorgen mehr machen. Wenn du etwas brauchst, sage es nur der Mühle. Sie wird dann ununterbrochen mahlen und alle möglichen guten Dinge ausschütten. Du mußt dir nur die Worte gut merken, mit denen man die Mühle wieder zum Stehen bringt.« Das weiße Männlein flüsterte ihm die Worte zu und sagte noch, bevor es verschwand, daß er mit keinem Menschen darüber reden dürfe, sonst würde er alles verlieren.

Für den armen Bruder begann eine glückliche Zeit. Jeden Morgen beschaffte die Mühle für ihn und seine Familie reichlich Essen und andere gute Sachen. Schließlich hatte die Mühle so viel Gold gemahlen, daß der arme Bruder ein prächtiges Schloß bauen konnte. Als der reiche Bruder das sah, eilte er zu seinem Bruder und fragte: »Erlaube bitte, wie bist du zu diesem Reichtum gekommen? Warum habe ich nicht so ein Schloß? Was bist du für ein Bruder? Wie ich dich liebe, kann ich gar nicht ausdrücken. Du solltest mir, deinem Bruder, schon erzählen, wie du an all die Dinge gekommen bist.« Da erzählte der arme Bruder die Geschichte von der Mühle. Der reiche Bruder wollte es nicht glauben: »Das alles schafft die Mühle? Wirklich? Machst du keine Scherze mit mir? Lieber Bruder, könntest du mir die Mühle nicht für ein paar Tage überlassen? Ich würde mir einige Kleinigkeiten mahlen lassen und sie dir nächste Woche zurückbringen.«

»Gut denn«, war der Bruder einverstanden, »ich habe Brot und Habe genug, nimm sie dir für ein paar Tage.« Es gehört, griff der reiche Bruder die Mühle und rannte damit nach Hause. Dort angekommen, konnte er vor lauter Freude nicht einmal Luft holen. Ermattet sank er sofort auf sein Bett.

Am nächsten Morgen bereitete er sich mit seinen Männern auf die Heuernte vor. Seine Frau wollte zu Hause bleiben, um den Frühstücksbrei zu machen. Der Mann ließ sie aber nicht allein zu Hause, und sie mußte mit zur Wiese. Zur Frühstückszeit würde er selbst für den Brei sorgen.

Zur Frühstückszeit warf der Mann die Sense nieder und rannte nach Hause, den Brei zu holen. Er fing an zu mahlen. Nach einiger Zeit waren alle Töpfe und Krüge mit Brei gefüllt, aber die Mühle mahlte weiter. »Genug, genug!« schrie der Mann, es half nicht. Die Mühle mahlte weiter und weiter. Langsam füllte sich das ganze Haus mit Brei, quoll durch die Fenster und Türen und drang auf den Hof hinaus. Bald war alles mit dampfenden Breibergen überschüttet. Dem reichen Bruder war elend zumute, er ergriff die Mühle und lief zu seinem Bruder, um die verrückte Mühle wieder abzugeben. Der Bruder lächelte nur, als er von dem Breielend erfuhr, und sprach leise die Worte, die die Mühle zum Stehen brachten. Die Mühle stand still.

Es verging eine Zeit. Der Bruder hatte sein Schloß mit Gold eindecken lassen, damit es nicht rostete und kein Regen eindringen konnte.

Das Dach glänzte weithin.

Eines Tages segelte ein Schiff vorbei, und die Seeleute sahen in der

Ferne etwas glänzen. Sie wollten sich diesen wundersamen Glanz aus der Nähe ansehen und gingen an Land. Bald standen sie vor dem Schloß mit dem goldenen Dach. Die Seeleute klopften an das Tor und fragten den Bruder, wie er zu seinem Reichtum gekommen sei. Der erzählte ihnen von der Mühle. Er lud die Seeleute zum Essen ein und bot ihnen an, in seinem Schloß zu übernachten. Am nächsten Morgen stellte sich aber heraus, daß die Seeleute echte Gauner waren. Sie hatten die Wundermühle mitgenommen und waren verschwunden. Der Bruder mußte nun mit dem Faulenzen aufhören, und er begann wieder zu arbeiten.

Währenddessen waren die Seeleute schon auf hoher See und wußten vor lauter Freude nicht, was sie die Mühle zuerst mahlen lassen sollten. Während die anderen noch darüber stritten, rief der Koch dazwischen, sie hätten kein Salz mehr an Bord. Die Mühle solle zuerst Salz mahlen, damit er die Speisen würzen könne. Kaum hatte er dies ausgerufen, begann die Mühle Salz zu mahlen. Es war bald ein großes Faß mit Salz gefüllt, aber die Mühle mahlte weiter. In ihrer Angst versuchten die Seeleute alles, damit die Mühle aufhöre zu mahlen. Bald war das ganze Schiff mit Salz gefüllt und es versank mit Mann und Maus auf den Meeresboden. Dort mahlte die Mühle weiter und tut es auch heute noch. So kommt es, daß das Meereswasser salzig ist und man es nicht trinken kann.

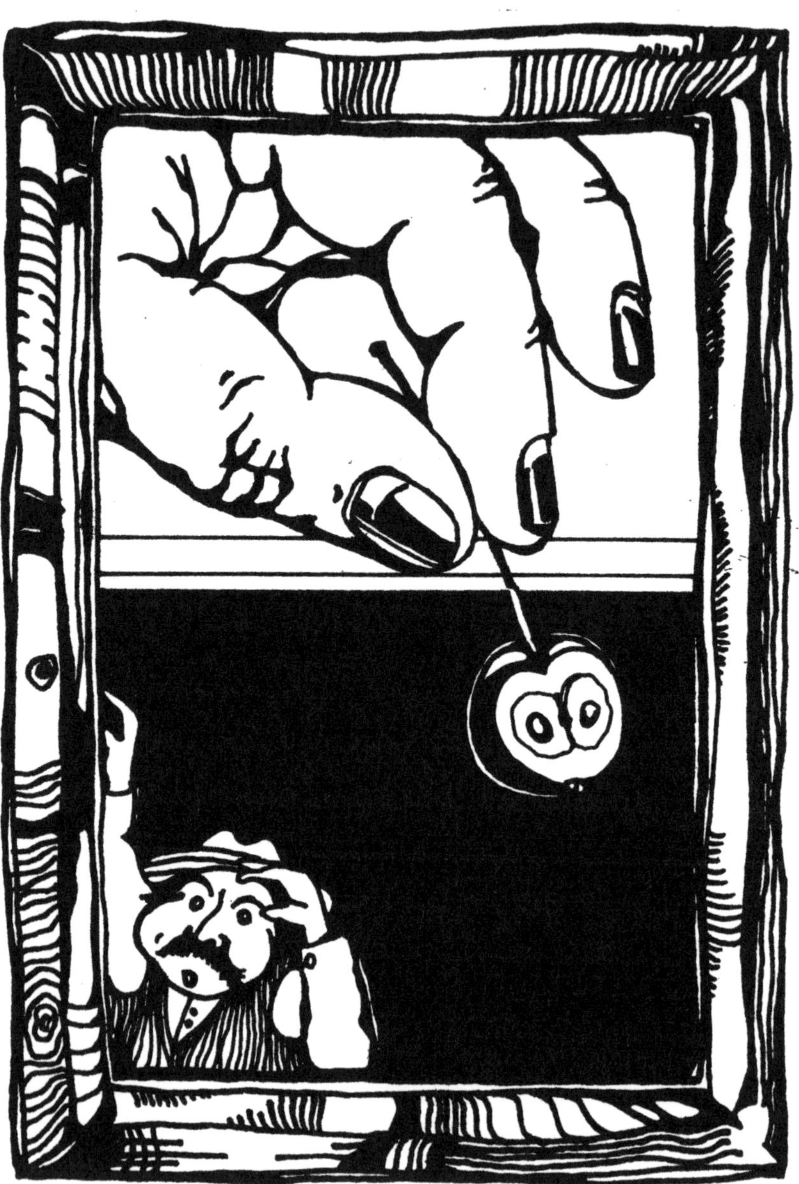

Als Gott Langeweile hatte . . .

Vor undenkbar langer Zeit hatte Gott einmal Langeweile. Da nahm er etwas Lehm und knetete daraus ein Geschöpf mit einem Auge, einem Ohr, einem Arm und einem Bein. Nach Beendigung der Arbeit betrachtete er das Geschöpf und sagte: »Du sollst Mensch heißen! Sehe gut, höre gut, tue Gutes und gehe gute Wege!« Gott war ein bißchen schläfrig und legte sich zur Mittagsruhe nieder. Der Teufel hatte alles beobachtet und schlich sich heran. Er ergriff das von Gott geschaffene Geschöpf und setzte ihm ein zweites Auge ein, ein zweites Ohr, den zweiten Arm und das zweite Bein. Dann sprach der Teufel:»Siehe böse, höre böse, tue Böses und gehe böse Wege.« Dann eilte er in die Hölle zurück. Gott erwachte, reckte und streckte sich und hauchte dem Menschen das Leben ein. Er befahl dem Menschen, seines Weges zu gehen. So geschehen, war der Mensch nicht sehr gut und nicht sehr schlecht. Einige Zeit später bemerkte Gott, daß es nicht genügend Menschen auf der Erde gab. Nicht lange überlegend, eilte Gott in seinen Garten und pflückte viele Äpfel. Er schnitt jeden Apfel in zwei Hälften und tat sie in einen Korb. Dann streute er die Apfelhälften überall über der Erde aus und verwandelte sie in Menschen. Dann sagte Gott: »Suchet jeder seine andere Hälfte!« So suchen die Menschen heute noch, jeder seine andere Hälfte. So kommt es, daß manche Menschen in Eintracht und Frieden leben, weil sie ihre andere Hälfte gefunden haben und andere sich raufen und streiten.

Wie du mir, so ich dir

Ein armer Landarbeiter war einmal in großer Not. Er ging zu seinem Herrn und bat um etwas Essen. Der Herr ließ ihm einen Teller Suppe bringen. Als der Arme den Teller geleert hatte, fragte der Herr:
»Willst du noch mehr?« - »Danke, ich bin satt«, antwortete der Arme. Der Herr ließ dem Landarbeiter dennoch einen Teller mit gutem Braten bringen. Dieser aß ihn bis auf den letzten Krümel auf. Der Herr fragte:
»Willst du noch mehr?« - »Danke, ich bin satt«, antwortete der Arme. Der Herr ließ ihm dennoch eine Schale mit Obst bringen, die bald mit Stiel und Kern geleert war.
Da wurde der Herr wütend: »Warum lügst du mich an? Jedesmal sagtest du, daß du satt seiest. Ich ließ dir mehr bringen, und jedesmal hast du es aufgegessen!«
Der Arme bat den Herrn, mit ihm das Haus zu verlassen. Im Hof stand eine Kiste, die er mit Steinen füllte. Er fragte den Herrn:
»Nun, Herr, ist die Kiste voll?«
»Ja, man sieht es doch«, antwortete dieser.
Dann schüttete der Arme einen Haufen Sand in die Kiste und fragte wieder, ob sie voll sei. »Ja, man sieht es doch«, antwortete der Herr.
Danach nahm der Arme einen Eimer mit Wasser und goß es in die Kiste. Er sagte zum Herrn: »Wie du nicht sehen konntest, ob die Kiste voll war, konnte ich nicht sagen, daß ich satt war.

Der große Wahrsager

Es gab einmal einen alten Mann, dem wollte niemand mehr Arbeit geben, und so konnte er sein tägliches Brot nicht mehr verdienen. Nicht dumm, kam er auf eine Idee. Er behauptete von sich, wahrsagen zu können. Zur gleichen Zeit passierte es, daß ein Herr seinen goldenen Ring verlor. So sehr er ihn auch suchte, der Ring blieb verschwunden. Als der Herr von dem alten Mann hörte, der ein Wahrsager sein sollte, schickte er seine Diener, ihn zu holen.

Als der Alte vor dem Herrn stand, sagte er: »Es wird nicht einfach sein, den Ring zu finden. Gebt mir drei Tage gutes Essen und etwas Geld, dann werde ich schon erraten, wo der Ring ist.« Der Herr war einverstanden und bewirtete den Wahrsager, so gut er nur konnte. Nach dem reichlichen Abendessen sagte der Alte zu den Dienern: »Etwas Gutes ist schon erreicht, zwei gute Dinge sind noch zu erwarten.« Der Wahrsager meinte damit den gut verbrachten Tag. Die Diener aber wurden unruhig, weil sie wußten, daß der Ring gestohlen worden war. Sie glaubten, der Wahrsager hätte schon einen Täter erkannt.

Am zweiten Tag wurde der Wahrsager wieder gut verpflegt und abends sagte er: »Nun habe ich schon zwei gute Dinge erzielt, und mir fehlt nur noch eins.«

Er sprach wieder nur von den beiden guten Tagen, die Diener aber wurden ängstlich und dachten, er hätte schon zwei Täter entlarvt.

Der dritte Tag verlief wie die beiden anderen, und am Abend sprach der Alte:

»Nun sind alle drei guten Dinge erreicht, und ich weiß, was ich zu tun habe.« Der Alte meinte damit, daß er sich vorgenommen hatte, über Nacht zu fliehen. Die Diener zitterten vor Angst, weil sie nun glaubten, daß der Wahrsager wußte, daß sie alle drei den Ring gestohlen hatten.

Sie berieten untereinander und beschlossen, dem Wahrsager die Wahrheit zu sagen. Sie wollten ihm einen Beutel Geld geben, damit er über ihr Vergehen schweige. So gingen sie also zu dem Wahrsager, erzählten ihm alles und reichten ihm den Beutel mit Geld. Der Alte sprach: »Ich wußte schon, daß ihr den Ring gestohlen habt, wollte es aber nicht sofort dem Herrn verraten. Nun gut, ihr habt mich bezahlt, und ich werde schweigen, aber den Ring bringt ihr mir.« Nachdem die Diener dem Alten den Ring gebracht hatten, steckte dieser ihn in ein Stück Brot und fütterte damit einen Puter. Am nächsten Tag rief der Herr den Wahrsager zu sich und wollte von ihm wissen, wo sein Ring sei. Der Alte antwortete: »Den Ring hat ein Puter gefressen«, und er ließ das Tier bringen. Der Puter wurde geschlachtet, und man fand in seinem Magen tatsächlich den goldenen Ring. Der Herr freute sich so sehr, daß er dem Wahrsager viel Geld gab. Trotzdem war er dem Alten gegenüber etwas mißtrauisch, und er wollte nicht glauben, daß dieser ein großer Wahrsager sei. Er fing eine Grille, steckte sie in einen Becher und drehte ihn um. Dann ließ er den Wahrsager kommen und fragte ihn, was wohl in dem Becher drin sei. Der Alte, der mit Nachnamen »Grille« hieß, erschrak und sagte mit ängstlicher Stimme:

»Ach, Grille, nun hat man dich ertappt.« Als der Herr dies hörte, rief er verwundert: »Du bist wirklich ein großer Wahrsager!« und beschenkte den Alten nochmals mit wertvollen Sachen.

Seitdem wurde der Alte im ganzen Land als großer Wahrsager gepriesen. Wenn es ihm gelang, etwas zu erraten, rühmten ihn alle. Hatte er einmal Pech, sprach man nicht darüber.

Das vorausgesagte Schicksal

In einem großen, weiten Land bekam eine Frau, deren Mann bei den Soldaten war, ein Kind. Es war ein Sohn. Der Junge war gesund und die Frau freute sich sehr. Sie herzte und küßte das Kind. Da war plötzlich eine Fee im Raum und prophezeite der Mutter, daß ihr Sohn in neunzehn Jahren von einer Otter totgebissen werde.
Die Jahre vergingen, und der Sohn wuchs heran. An seinem neunzehnten Geburtstag war die Mutter sehr traurig und weinte. Sie hatte Angst auch ihren Sohn zu verlieren wie ihren Mann, der nicht mehr heimgekehrt war.
»Warum bist du so traurig, Mutter?«, fragte der Sohn. Da erzählte die Mutter ihm von der Fee und deren Prophezeihung. Der Sohn beruhigte seine Mutter und versprach ihr, auf sich aufzupassen. Von da an trug er immer ein Gewehr bei sich, wenn er das Haus verließ, um jede Otter, die er sah, totzuschießen. Jede Otter, die seinen Weg kreuzte, schoß er tot. Eines Tages, nachdem er wieder eine Otter totgeschossen hatte, versperrte ein Riese ihm den Weg.
»Warum läufst du mit dem Gewehr herum, mein Junge?«, fragte ihn der Riese. Da erzählte er Ihm die Geschichte. Der Riese war entsetzt: »Was hast du da nur angestellt? Du hast den Ottervater, die Ottermutter und alle Ottergeschwister getötet.« Der Riese kannte viele Geheimnisse und wußte auch einen Rat. »Du mußt zum Otterkönig gehen und ihm um Gnade bitten.« Der Junge aber hatte Angst und bat den Riesen, sich in dessen Stiefel verbergen zu dürfen. Der gutmütige Riese ließ ihn daraufhin in seinen Stiefel kriechen, und sie machten sich auf den Weg zum Otterkönig.
Dort angekommen, kroch der Otterkönig an den Stiefel heran, in dem der Junge ängstlich hockte und schlug mit seinem Schwanz dagegen. »Du hast eine große Dummheit begangen«, sagte er zornig. »Du hast den Ottervater, die Ottermutter und alle Otterge-

schwister getötet. Da ich jetzt nicht zu dir gelangen kann, sollst du auf meine Worte hören und sie beachten. Du sollst Roggen mähen, ausreichend für sechs Bündel. Du darfst aber das erste Bündel erst dann binden, wenn du mit dem Mähen fertig bist. Dann mußt du mit einer Birkenrute so lange auf das erste Bündel einschlagen, bis die Otter, die sich darin befindet, sich in ein Mädchen verwandelt hat. Dann mußt du die Otterhaut, die übrigbleibt, in einem Astloch verstecken, damit das Mädchen sie nie zu sehen bekommt. Davor hüte dich.«
Wie es der Otterkönig gesagt hatte, geschah es auch. Die Otter verwandelte sich in ein schönes Mädchen, was der Junge bald darauf heiratete. Sie lebten sehr glücklich zusammen, aber immer wieder drängte die Frau ihren Mann, ihr das Versteck der Otterhaut zu zeigen. Schließlich gab der Mann nach und zeigte es ihr.
Da fiel die Frau ihm um den Hals und küßte ihn, fing an zu beißen, bis ihr Mann tot war.

Die Hasenscharte

In grauen Zeiten gab es einmal einen Hasen, der sehr müde geworden war, weil ihm das Leben als Qual erschien. Es gab auch gewichtige Gründe; alle hatten ihn stets getrieben - die Jäger mit ihren Hunden, der Fuchs, nachts mußte er vor dem Wolf fliehen, tagsüber griffen ihn der Adler und der Habicht aus der Luft an, ja sogar manche Hauskatze hatte ihn schon vertrieben. »Schwer, sehr schwer ist mein Leben«, dachte der Hase, »es gibt kein anderes Tier auf der Welt, welches mehr verfolgt und gejagt wird als ich. Weshalb soll ich überhaupt noch leben, wenn jeder danach trachtet, mir das Leben zu nehmen? Es ist besser, ich gehe zum See und ertränke mich.« Den Wassertod gewählt und vom Leben müde, rannte er zum See. Dort angekommen, wollte der Hase ins Wasser springen, als er bemerkte, daß die verschrockenen Frösche aus Angst vor ihm alle in den See hüpften. Erst jetzt wurde dem Hasen bewußt, daß es Tiere gab, die sich vor ihm, dem Hasen, fürchteten. Es gab also tatsächlich Tiere, deren Leben noch härter war als sein eigenes. Ein ganzer Haufen von Fröschen war vor ihm geflohen. Da freute sich der Hase wieder über sein Leben und fing an zu lachen. Er lachte und lachte, bis ihm die Lippe in der Mitte zerriß. Deshalb haben alle Hasen eine Hasenscharte, sind aber seither nicht mehr lebensmüde.

Die gute Arznei

Vor langer Zeit lebte ein reicher Mann, der niemals in seinem Leben gearbeitet hatte. Am liebsten aß und trank er. Davon war er dann schließlich so dick geworden, daß er zu platzen drohte. Er probierte die verschiedensten Pillen und Tinkturen, um abzunehmen, aber nichts half. Obwohl sein Geiz so groß war wie sein Reichtum, bot er demjenigen einen schönen Batzen Geld, der ihn von seiner Fettsucht heilen würde. Aber alle Künste der Ärzte versagten. Der dicke Herr hatte die Hoffnung schon aufgegeben, als eines Tages ein armer Mann des Weges kam, der Jahnis hieß. Er sagte: »Ich würde den Herrn schon heilen können, aber nicht für die angebotene Bezahlung. Ich verlange die doppelte Summe Geldes und seine Tochter zur Frau. Wenn der Herr einverstanden ist, ich bin bereit.« Anfangs widersetzte sich der Herr, weil er für weniger Geld geheilt werden wollte, aber Jahnis gab nicht nach. Endlich fand der Herr sich damit ab und versprach Jahnis, den geforderten Lohn zu zahlen und ihm seine Tochter zur Frau zu geben. Dann sagte Jahnis, daß er ihn nur in seiner Hütte heilen könne, und der Herr solle noch am Abend zu ihm kommen. So geschah es auch. Der dicke Herr war sehr verwundert, als ihn Jahnis zu Tisch bat und ihn mit feinem Essen bewirtete. Jahnis hatte dem Essen ein Schlafmittel beigemischt, und sobald der Herr gegessen hatte, wollte er sich auch schlafen legen. Jahnis zeigte ihm sein Bett, und bald darauf schlief der Herr ein. Darauf hatte Jahnis nur gewartet. Er zog dem Herrn seine prächtigen Kleider und die Stiefel aus und streifte ihm stattdessen seine eigene Arbeitskleidung und alte Bastschuhe über. Dann nahm Jahnis den schlafenden dicken Herrn auf seinen Rücken und trug ihn zur Teerbrennerei, wo er ihn auf den Boden legte. Im Morgengrauen des nächsten Tages zog Jahnis Aufseherkleidung an und weckte den Herrn. Er hätte nun genug geschlafen, und wenn er ein Stück Brot haben wolle, müßte er sich sofort an die Arbeit machen. Überrascht riß der Herr die Augen auf und wußte nicht, wie ihm geschah. Da holte

Jahnis einmal kurz mit der Peitsche aus, so daß der dicke Herr aufstand und ging, wohin der Aufseher ihm sagte. Jahnis trieb den Herrn an, die Teerbrennerei zu feuern und andere schwere Arbeit zu tun. Lange Zeit blieb dem Herrn unbegreiflich, was mit ihm geschah. Schließlich nahm er an, daß er gestern gestorben sei und sich nun in der Hölle befinde. So vergingen die Tage, und der Herr fand sich schließlich mit seinem Schicksal ab. Tagsüber sah er nur den stattlichen Aufseher, den er für einen Teufelsknecht hielt. Jeden Tag bekam der Herr nur Wasser und Brot und mußte harte Arbeit tun.

So verging ein Jahr. Der dicke Bauch des Herrn war verschwunden, und sein Körper war sehr biegsam und geschmeidig geworden. Er hatte sich so sehr verändert, daß er nicht wiederzuerkennen war. Eines Abends mischte Jahnis dem Essen wieder ein Schlafmittel bei, und der Herr schlief so fest, daß er nicht bemerkte, wie Jahnis ihn zurück zu seinem Haus trug. Dort legte er ihm wieder seine Kleidung an und ordnete alles in der Kammer so, wie es vor einem Jahr ausgesehen hatte. Am Morgen weckte Jahnis den Herrn: »Wach auf, wache endlich auf! Du hast lange genug geschlafen und mußt ausgeruht sein.« Der Herr öffnete die Augen und schaute sich verwundert um. Wie lange er geschlafen habe, wollte er von Jahnis wissen. Jahnis antwortete, daß es eine lange Nacht gewesen sei. Er selbst hätte in der Zwischenzeit im Wald schon Ruten für den Besen gebrochen. Ungläubig und mißtrauisch blickte der Herr sich um und fand alles so wie vor seinem Schlaf. Schließlich war er überzeugt, von der höllischen Teerbrennerei nur geträumt zu haben, und war doch sehr erleichtert. Jahnis bat den Herrn, aufzustehen und sich zu Tisch zu setzen. Als der Herr aufstand, bemerkte er seine Veränderung. Keine Spur von dem dicken Bauch. Die Freude des Herrn war groß. Nach dem Frühstück ging er fröhlich zu seinem Landgut zurück und bat Jahnis, mitzugehen. Dort bekam dieser den versprochenen Lohn und heiratete kurze Zeit später die Gutsherrntochter.

Viele Jahre später erzählte Jahnis dem Herrn doch die Wahrheit über die Heilungsmethode. Der Herr war nicht böse darüber, er sagte zu Jahnis: »Du hast mich nicht nur von meinem dicken Bauch befreit, sondern ich weiß jetzt auch, wie hart es ist, zu arbeiten und sein Brot zu verdienen.« Der Herr soll noch lange gelebt haben und zu seinen Leuten gütig und gerecht gewesen sein.

Die Mücken und der Wolf

Einem hungrigen Wolf, der auf dem Weg zu einer Weide war, auf der ein Pferd stand, welches er anfallen und verspeisen wollte, begegnete ein Mückenschwarm. Die Mücken fragten den Wolf, was er vorhabe. Der Wolf erzählte von seinem Vorhaben, das Pferd anzufallen und es zu essen. Die Mücken waren erstaunt und verwundert: »Was, du allein willst ein Pferd anfallen? Das ist unmöglich, es wird dir nie gelingen. Zu fünftausend haben wir es einmal versucht und hatten doch noch große Mühe, denn selbst beim Umfallen zerquetschte das Pferd noch die Hälfte von uns.« — »Darüber habe ich noch nie nachgedacht«, grübelte der Wolf und ging seines Weges, um sich eine leichtere Beute zu suchen.

Der kluge Widder und der hungrige Wolf

Einmal traf der hungrige Wolf den Widder am Waldesrand und sagte: »Ich werde dich jetzt auffressen!« Der Widder antwortete darauf: »Du brauchst dir mit dem Fressen nicht solche Mühe zu geben. Ich will es dir einfach machen. Stelle dich unten an den Rand des Berges, und ich werde geradewegs in deinen Rachen hineinlaufen.« Der Wolf war sehr zufrieden und fühlte sich gut beraten. Er stellte sich an den Rand des Berges und wartete mit offenem Maul auf den Widder. Der kluge Widder stieg den Berg hoch und jagte ihn wieder hinunter, so daß seine Hörner mit großem Schwung auf den Rachen des Wolfes aufschlugen. Durch den mächtigen Schlag fiel der Wolf betäubt zu Boden und blieb dort liegen. Der Widder aber eilte davon, so schnell ihn seine Beine trugen. Nach einer Weile kam der Wolf wieder zu Kräften und richtete sich auf. Noch etwas benommen überlegte er: »Ob der Widder drinnen geblieben ist, oder ist er durch mich hindurch gerannt?« Der Wolf kam nie dahinter, was nun wirklich geschehen war. Seit dieser Zeit aber ist er jedem Tier mit Hörnern gegenüber sehr mißtrauisch.

Der Hahn und die Henne

Einmal gingen der Hahn und die Henne zum Nußberg, um Nüsse zu
sammeln. Dort angekommen, kletterte der Hahn auf den Haselbaum
und rüttelte die Äste. Die Henne stand unten und wartete darauf, daß
die Nüsse herunterfielen. Bald plumpsten die Nüsse auch herunter,
und eine fiel der Henne ins Auge. Sie rannte nach Hause und jammerte: »Der Hahn ist schuld, er hat mir eine Nuß ins Auge geschüttelt.« Der Landwirt ließ den Hahn zu sich kommen und fragte:»Warum
hast du die Nuß der Henne ins Auge geschüttelt?« - »Weil sich der
Haselbaum bewegte, deshalb ist die Nuß der Henne ins Auge gefallen.« Da ging der Landwirt zu dem Nußbaum und wollte von ihm
wissen, warum er sich bewegt hatte.
»Weil die Ziege an meiner Rinde knabberte, deshalb habe ich mich
bewegt.« Der Landwirt ließ die Ziege zu sich holen und fragte: »Warum hast du an der Rinde geknabbert?« - »Weil dein Weib mich heute
nicht gefüttert hat«, sprach die Ziege. Der Landwirt rief nach seinem
Weib und fragte:»Warum hast du heute die Ziege nicht gefüttert?«
»Ich wollte ihr schon etwas geben, aber die Sau hat alles aufge-
fressen.«
Da wurde es dem Bauern zu bunt und er sagte:»Dann soll sich die
Sau um das Auge der Henne kümmern!«

Der Wundervogel

Vor langer Zeit lebte ein König, der durch ein Unglück blind geworden war. Er hatte drei Söhne. Die beiden älteren galten als sehr gescheit, den jüngeren nannte man einen Einfaltspinsel.
Einmal ließ der König seine Söhne zu sich kommen und sagte:
»Ich bin ein reicher Mann, und ich habe treue Untertanen und liebe Söhne. Aber eines fehlt mir, mein Augenlicht. Ich könnte meine ganzen Besitztümer dafür geben, aber kein Arzt ist in der Lage, mir zu helfen.«
»Ja«, stieß der jüngste Bruder einen Seufzer aus. Die zwei klugen Brüder schwiegen. Der Vater fuhr fort: »Niemals habe ich die Hoffnung aufgegeben, mein Augenlicht wiederzubekommen. Gerade eben habe ich erfahren, daß in einem fernen Land eine Prinzessin lebt, die sieben Wochen schläft und sieben Wochen wach ist. Diese Prinzessin besitzt einen Vogel, durch dessen Gesang Gelähmte anfangen zu tanzen und Blinde sehend werden. Die Prinzessin erlaubt aber niemandem, den Vogel zu sehen noch seinen Gesang zu hören. Man müßte den Vogel heimlich rauben.«
»Stehlen?« rief der Jüngste aus.
»Halt den Mund, du Einfaltspinsel«, belehrten ihn die klugen Brüder. Der König setzte seine Rede fort:
»Es wird nicht leicht sein, den Vogel zu bekommen, weil die Prinzessin ihn streng bewachen läßt und jeder, der sich dem Vogel nähert, wird getötet. Ich hoffe aber sehr, meine Söhne, daß es euch gelingt, den Vogel zu bekommen, damit ich mein Augenlicht zurückerhalte. Ihr, meine beiden älteren Söhne, sattelt die Pferde, füllt die Börsen mit Geld und macht euch auf den Weg. Nach drei Jahren erwarte ich euch zurück.«
Die beiden älteren Brüder taten, wie ihnen der Vater geheißen hatte, und gingen auf die Reise. Sie waren schon eine Weile geritten und in keiner guten Stimmung, als sie beim ersten Wirtshaus ihre Pferde anbanden und hineingingen, um ihren Durst zu löschen. So taten sie

es auf der ganzen Reise. Sie kehrten in jedes Wirtshaus ein, das an ihrem Weg stand.

Es geschah einmal, daß sie einen kleinen alten Mann trafen, mit einem langen, weißen Bart. Er fragte sie: »Wo geht ihr hin, meine Söhne?« Beide Königssöhne wurden wütend. So ein winziges Männlein, das auch noch zu Fuß seinen Weg zurücklegte, nannte sie »seine Söhne« und fragte sie, welchen Weg sie gingen? Eine Unverschämtheit!

»Das geht dich nichts an!« antworteten sie barsch und ritten weiter und kehrten in jeden Gasthof ein, um zu trinken. So vergingen drei Jahre, dann vier, fünf, schließlich sechs Jahre.

Der alte König grämte sich, weil er glaubte, seine Söhne in den Tod geschickt zu haben: »Die Wachen der Prinzessin werden euch getötet haben. Meinetwegen habt ihr euer Leben verloren. Jetzt ist mir nur ein Sohn geblieben, und der taugt nicht viel. Was soll ich mit ihm anfangen? Hätte ich bloß einen mutigen Mann, der hinritt und mir klare Kunde vom Tode meiner Söhne brächte.«

Dem jüngsten Sohn ging der Schmerz des Vaters sehr zu Herzen. Immer wieder bat er den König um Erlaubnis, hinzureiten, um das Schicksal seiner Brüder aufzuklären. Der Vater aber antwortete jedesmal:

»Laß solche Gedanken. Was willst du erreichen, wenn schon deine klugen Brüder kein Glück hatten?«

Der Jüngste aber bat und bat seinen Vater immer wieder. Schließlich sagte der König: »Meinetwegen darfst auch du gehen. Aber denke nicht, daß du ein gutes Pferd nehmen kannst und viel Geld bekommst. Du wirst nicht weit kommen.«

Die Freude des Sohnes war groß. Er sattelte einen alten Gaul, steckte ein paar Taler in die Tasche und ritt fort. Auf dem Weg traf auch er den alten, kleinen Mann. Das Männlein fragte: »Wo gehts denn lang, mein Sohn?« Der Junge erzählte von den Geschehnissen und davon, daß kein Gelehrter seinem blinden Vater helfen könne. Er erzählte von der Prinzessin in dem fernen Land und deren Vogel. Auch von seinen beiden Brüdern, die ausgezogen waren und niemals heimkehrten. Der alte Mann gab dem Jungen ein Zwirnknäuel und sagte:

»In dem Gasthof, in dem du übernachtest, lasse dich mit niemandem ein und reite am frühen Morgen weiter. Dieses Knäuel wird dir den Weg zur Prinzessin weisen. Wenn es vor dir herrollt, folge ihm ohne Angst. Keine Wache wird dich bemerken, und die Prinzessin liegt in einem tiefen Schlaf.«

Der Junge dankte dem alten Mann und ritt weiter. Die Nacht verbrachte er in einem Gasthof. Der Wirt wollte zwar, daß er trank und mit ihm Karten spielte, aber der Junge ließ sich nicht darauf ein. Früh am nächsten Morgen ritt er weiter und gelangte unbehelligt zum Schloß der Prinzessin. Um das ganze Schloß herum standen Wachposten. Der Junge wartete am Waldesrand darauf, daß das Knäuel anfinge, sich zu bewegen. Es wurde Abend und die Nacht verging, aber das Knäuel rührte sich nicht. Am nächsten Morgen wälzte sich das Knäuel etwas hin und her und rollte endlich los. Der Junge folgte ihm. Das Knäuel rollte geradewegs zwischen den Wachen hindurch, aber niemand bemerkte den Jungen. Bald stand er vor dem Ruhelager der schlafenden Prinzessin. Sie war wunderschön. Immer wieder schaute der Junge sie an, und in seiner Begeisterung über die schöne Prinzessin vergaß er den Vogel, seinen blinden Vater und seine Brüder. Nach einiger Zeit wurde das Knäuel unruhig, es rollte zwischen den Füßen des Jungen hin und her, bis dieser sich endlich besann und sich vom Anblick der Prinzessin löste. Um für immer eine Erinnerung an ihre Schönheit zu haben, nahm er der Prinzessin einen Ring vom Finger. Dann ergriff er den Vogel und eilte hinter dem Knäuel her, das Schloß zu verlassen.

Kaum hatte der Junge das Schloß verlassen, brach Unruhe aus. Die Prinzessin erwachte, und sie bemerkte sofort den Raub ihres Vogels und den des Ringes. Der Junge aber hatte schon den Waldrand erreicht, nahm das Knäuel auf und ritt eilig davon. Am Abend erreichte er wieder den Gasthof und machte Rast, um dort zu übernachten. Wieder forderte der Wirt ihn zum Spiel auf. Das Glück war dem Jungen treu, und bald hatte er viel Geld gewonnen. Noch eine Weile, und er wäre ein reicher Mann. Plötzlich aber bewegte sich das Knäuel in seiner Hosentasche und ließ den Jungen nicht weiterspielen. Er warf die Karten auf den Tisch und meinte, daß es nun genug sei. Der Wirt wurde rot vor Wut, aber er konnte es nicht ändern, er hatte verloren.

Am Morgen verließ der Junge das Gasthaus und machte sich auf den Heimweg. Da sah er auf einem Feld zwei arbeitende Männer, die am Pflug angekettet waren. Er fragte den Wirt, der noch in der Tür stand, was es mit den beiden auf sich hätte. Es seien Schuldner von ihm, die er zur Arbeit zwänge, antwortete der Wirt. Die beiden Männer rührten den Jungen sehr, so daß er ihre Schulden beim Wirt bezahlte. Die so freigekauften Männer näherten sich daraufhin dem Jungen, und er erkannte in ihnen seine Brüder. Glücklich schloß er sie in seine Arme, und sie ritten heimwärts. Am Mittag hielten sie an, um sich auszuruhen. Sobald der jüngste Bruder schlief, töteten ihn die beiden anderen.

Sie nahmen den Wundervogel und eilten nach Hause.

Als seine beiden ältesten Söhne nach Hause kamen, freute sich der König sehr, bedauerte aber, seinen jüngsten verloren zu haben. Sicherlich hätte er sich im Sumpf verirrt, und er würde nie wieder heimkehren. Ein Einfaltspinsel wie er würde nie darauf achten, wohin er tritt, fügten die beiden Brüder hinzu. Der König besaß zwar den Wundervogel, aber er blieb blind, weil dieser nicht sang.

Der getötete Bruder lag noch immer am Waldesrand. Aus einem Grasbüschel kroch eine Eidechse heraus und piepste: »Lebe, lebe…«, so lange, bis der Junge anfing, sich zu bewegen. Schließlich stand er auf und ging langsam nach Hause. Nach einer langen Zeit kam er auf das väterliche Schloß. Niemand erkannte ihn. So nahm er die Arbeit als Stallbursche an und erhielt als Lohn dafür ein kleines, zottiges Roß.

Sieben Jahre vergingen, und aus dem kleinen Roß war ein großes, stattliches Pferd geworden. Kein schöneres und schnelleres Pferd war im ganzen Stall zu finden. Eines Tages ging die Kunde übers Land, daß die älteren Brüder zur Prinzessin ins ferne Land reisen würden, um den Wundervogel zurückzubringen. Dort angekommen, fragte diese die Brüder, was sie außer dem Vogel noch genommen hätten. Da sie nichts von dem Ring wußten, konnten sie auch nichts darüber sagen. Die Prinzessin ließ die beiden schwer bestrafen. Der

Vogel blieb stumm. Bald darauf kam der jüngste Bruder auf seinem
Pferd angeritten. Als der Vogel ihn sah, flog er auf ihn zu und fing an
zu singen. Die Prinzessin fragte sofort: »Was hast du außer dem Vogel noch genommen?« - »Deinen Ring«, antwortete der Junge verlegen. Die Prinzessin hörte es und wurde fröhlich.
Nach einiger Zeit heirateten die beiden und machten sich auf den
Weg, den blinden König zu besuchen. Als Wegzehrung nahm die
Prinzessin einen Brotlaib mit, den man niemals aufessen konnte,
einen Krug mit Wasser, der niemals leer wurde, und ein Schwert, mit
dem man jeden Feind besiegen konnte. Sie sagte: »Wer weiß, welche Gefahren uns begegnen. So sind wir sicher vor Hunger, Durst
und jeglicher Gefahr.
Ihr Weg führte sie durch ein Land, in dem große Hungersnot herrschte.
Da nahm die Prinzessin den Brotlaib und schnitt Scheibe für Scheibe ab, bis alle satt waren. Der Brotlaib wurde nicht kleiner. Die Leute
waren der Prinzessin und ihrem Gemahl sehr dankbar, und sie
wünschten sich, die beiden würden Könige des Landes.
In einem anderen Reich gab es Essen genug, aber es fehlte an Wasser. Alle Bäche und Quellen waren versiegt und die Brunnen ausge-
schöpft. Da verteilte die Prinzessin aus ihrem unerschöpflichen
Krug Wasser an die Leute, bis niemand mehr an Durst litt. Aus Dank-
barkeit erwählte die Bevölkerung die beiden zu Königen des Landes.
Im dritten Land ihrer Reise wütete ein böser Feind. Alle waren voller
Furcht und das eigene Heer geschlagen. Da gab die Prinzessin
ihrem Gemahl das Schwert, und er vertrieb die grausamen Horden.
Die dankbaren Leute wählten die beiden zu Königen ihres Landes.
Der gute Ruf des Königspaares lief ihnen voran, und auch der alte,
blinde König erfuhr davon. Auch er erhielt Kundschaft vom traurigen
Schicksal seiner ältesten Söhne und vom Glück seines Jüngsten.
Weinend trat er dem Königspaar entgegen. Da begann der Vogel zu
singen, und der blinde König wurde wieder sehend. Der geheilte König wollte in Ruhe seine letzten Jahre verbringen und übergab seinem Sohn das Reich, der es in Güte und mit Weisheit regierte.

Warum die Schnecke ihr Häuschen stets auf dem Rücken trägt

Vor langen Jahren veranstaltete der König der Tiere ein Fest, zu dem alle anderen Tiere eingeladen waren. Sie versammelten sich um einen großen Tisch herum. Nur ein Tier fehlte, nämlich die Schnecke. Das wunderte den König sehr. Am nächsten Tag traf er zufällig die Schnecke und fragte sie, warum sie nicht zu seinem Fest erschienen sei. Da antwortete die Schnecke: »Ach, König, zu Hause finde ich es viel schöner, als irgendwo zu Gast zu sein.« Als der König das hörte, wurde er sehr ärgerlich und sagte: »Nun gut, du langsame Schnecke, wenn du dein Zuhause so sehr liebst, wirst du es von nun an auf deinem Rücken immer mit dir tragen.« Seit dieser Zeit trägt die Schnecke ihr Häuschen ständig mit sich herum. Niemand weiß genau, ob der König ihr nicht sogar einen Gefallen damit getan hat.

Das versteinerte Herz

Es lebten einmal zwei Brüder. Dem einen hatte das Schicksal großen Reichtum beschert, der andere lebte in Not. Es geschah, daß der arme Bruder und seine Frau sehr krank wurden und bald darauf starben. Sie hatten zwei Mädchen, die nun ganz allein auf der Welt waren. Auf dem Sterbebett hatte der Vater, kurz vor seinem Tod, der ältesten Tochter von seinem reichen Bruder erzählt, aber auch von dessen steinernem Herzen. Die Schwestern machten sich auf den Weg, den Onkel zu suchen, damit er sie aufnehme. Sie hatten schon einen weiten Weg zurückgelegt, als sie zu einem Hof kamen, der von einem garstigen, boshaften Hund bewacht wurde. Jeder in der Gegend fürchtete ihn. Der reiche Bauer, dem der Hof gehörte, verstand es, mit ihm umzugehen und wurde nicht gebissen. Die Leute tuschelten, daß der Landherr ebenso hartherzig und garstig sei wie sein Hund. Die beiden Mädchen sahen eine Weile hungrig zu, wie der Hund aus seinem Napf Grütze fraß. Dann gingen sie mutig näher an ihn heran, um auch etwas abzubekommen. Der Hund machte ihnen sogar Platz, und welch ein Wunder, er bellte und fauchte nicht einmal. Die Mädchen aßen von der Grütze, bis sie satt waren. Der reiche Bauer hatte alles vom Fenster aus beobachtet und rief: »Geht von dem Hund weg, oder wollt ihr in Stücke gerissen werden?« Er eilte hinaus, um die Schwestern von seinem Besitz zu vertreiben. Am Tor fragte er die Mädchen, welchen Weg sie gehen würden. Sie erzählten vom Tod ihrer Eltern und davon, daß sie ihren Onkel suchen würden, damit er sie aufnehme. Die Erzählungen der Mädchen ließen den Bauern schnell erkennen, daß er der Onkel war, den sie suchten, aber er schwieg darüber. «Glaubt ihr denn, der Onkel würde euch aufnehmen?« fragte er. »Der Vater erzählte zwar, daß er ein versteinertes Herz habe, aber der Hund dort hat ein noch härteres Herz und gab uns von seinem Essen ab. Warum sollte unser Onkel uns dann nicht aufnehmen?« Da schämte sich der Onkel sehr und gab sich den Mädchen zu erkennen. Er nahm sie in seinem Haus auf und war wie ein Vater zu ihnen.

Eine unvollendete Geschichte über ein Gottesgeschenk . .

In einer einsamen Gegend, mitten im Wald, gab es einmal ein Gasthaus. Sieben Meilen weiter links von ihm stand noch ein Haus und sieben Meilen weiter rechts auch. Im Haus rechts lebte ein Bauer, der Jahnis hieß, und links wohnte der Bauer Peter. Jeden Samstagabend trafen sich die beiden in der Schänke und tranken so manches Bier. Einmal geschah es, daß die beiden viel getrunken hatten und dem Bauern Peter ein Taler fehlte, um die Zeche zu bezahlen. So fragte er den Jahnis, ob er ihm nicht einen Taler leihen könne.

»Kann ich schon, aber wann bekomme ich ihn zurück?«

»Keine Sorge, nächsten Samstag, wenn wir uns hier wieder treffen, bekommst du ihn zurück. Ja, wenn du willst, erhältst du sogar zwei Taler.«

Die Abmachung galt und Jahnis gab Peter den Taler.

Am nächsten Samstag ging Jahnis wieder in die Schänke und wartete vergeblich auf Peter. Während Jahnis wartete, sagte Peter zu Hause zu seiner Frau:

»Wenn der Jahnis kommt und nach mir fragt, sage ihm, daß ich schon drei Tage sprachlos im Bett liege und du daran zweifelst, ob ich je wieder aufstehen werde.«

Nachdem er Stunden in der Schänke gewartet hatte, ging Jahnis die sieben Meilen bis zu Peters Haus. Dort angekommen, erzählte er der Frau von den Schulden.

Die Frau war um Worte nicht verlegen: »Jahnis, dränge dich doch nicht einem kranken Menschen auf! Peter liegt schon den dritten Tag sprachlos im Bett. Laß ihn gesunden, und du bekommst deinen Taler zurück. Wenn er aber nicht mehr aufsteht, mußt du dich mit dem Verlust abfinden.«

Einige Tage vergingen, und Jahnis mußte zum Landgut, um seinen

Frondienst abzuleisten. Dort traf er einen Burschen, der Knecht bei Peter war. Jahnis fragte ihn, ob es seinem Bauern besser ginge. »Wieso?« fragte der Bursche, »er ist doch nicht krank gewesen.« »Er liegt nicht sprachlos zu Bett?« wollte Jahnis erstaunt wissen. »Man hat dich veralbert«, lachte der Bursche, »er ist weder sprachlos noch krank. Er ist munter wie eine Sau im Schlamm.«
Der nächste Samstag kam, und Jahnis machte sich wieder auf, um Peter einen Besuch abzustatten. Aber auch dieses Mal war Peter geschickt und überlistete den Jahnis noch einmal. Er sprach zu seiner Frau: »Hör zu, Weib! Wir haben noch einen Sarg auf dem Dachboden. Den trage ich zur Leichengruft im Wald und werde mich dann hineinlegen, als ob ich tot wäre. Kommt der Jahnis, um seinen Taler zu holen, so sage ihm, daß ich tot in der Gruft läge. Wenn er es nicht glauben will, soll er kommen und sich vergewissern.«

So tat es Peter dann auch. Er schleppte den Sarg zur Gruft und legte sich hinein. Eine Weile lag er schon darin, als er plötzlich viele Stimmen hörte. Zwölf Räuber waren in die Gruft eingedrungen, um ihre Beute untereinander aufzuteilen, die sie einem reichen Herrn abgenommen hatten. Es waren sechstausend Taler und ein prächtiger goldener Ring. Das Geld war schnell aufgeteilt, dann aber begannen sie wegen des Ringes zu streiten. Der Räuberhauptmann verlangte Ruhe. Er deutete auf den Sarg, in dem Peter lag, und sagte: »Derjenige, der mit der Axt diesen Sarg mit einem Hieb durchschlägt, soll den Ring bekommen.« Peter glaubte nun, seine letzte Stunde hätte geschlagen, und er öffnete den Deckel und schrie: »Ihr schändlichen Diebe laßt nicht einmal den Toten ihre Ruhe! Alle Toten werden auferstehen und euch eine Lehre erteilen.« Voller Angst und Panik liefen die Räuber davon und ließen ihre Beute in der Gruft zurück. Peter, glücklich darüber, mit dem Leben davongekommen zu sein, begann sofort das Geld zu zählen. In diesem Augenblick kam Jahnis in die Gruft. »Hier steckst du also, zählst so viele Taler, bleibst mir meinen aber schuldig!« - »Ach, lieber Jahnis«, sagte Peter, »nimm die Hälfte, der liebe Gott hat mir das Geld geschenkt.« Jahnis nahm die dreitausend Taler erfreut und dankend an, sagte aber dennoch zu Peter: »Jetzt gib mir auch meinen Taler zurück.« Da

wurde Peter sehr böse: »Ich gab dir so viel Geld, und du bist immer
noch nicht zufrieden.« - »Das stimmt nicht«, sagte darauf Jahnis,
»du gabst mir die Hälfte von einem Gottesgeschenk. Du schuldest
mir immer noch einen Taler.« Sie gerieten plötzlich in einen heftigen
Streit, und bald fingen sie an, sich zu prügeln.
Währenddessen reute es die Räuber, daß sie ihre Beute in der Gruft
zurückgelassen hatten, und sie beschlossen, daß der Mutigste von
ihnen das Geld und den Ring holen sollte. Zuerst sollte er nach-
schauen, ob viele Tote aufgestanden wären. So ging der mutigste
Räuber los und hörte schon von Ferne den großen Lärm. Da er ein
bißchen mehr Mut als die anderen hatte, schlich er sich an die Gruft
heran. Er wagte es sogar, seinen Kopf in eine Mauerluke zu stecken,
um hineinzuschauen. Er sah, wie Jahnis und Peter sich prügelten
und um einen Taler zankten. Er schob seinen Kopf noch etwas tiefer
hinein, als ihm plötzlich der Hut weggerissen wurde. Er hörte einen
der Toten sagen: »Hier hast du einen Hut anstelle des Talers!«
Dem Räuber saß die Angst im Genick, und er lief schleunigst zu seinen Kumpanen zurück. Außer Atem erzählte er, es seien so viele
Tote aufgestanden, daß nicht einmal jeder einen Taler von ihrer Beute erhalten habe. Man habe ihm sogar den Hut vom Kopf gerissen,
um damit einen fehlenden Taler auszugleichen. Kaum war er mit seinem Bericht zu Ende, flohen die Räuber aus dem Land und wurden
nie wieder gesehen.
Hier endet die Geschichte, denn niemand wußte zu berichten, ob
Jahnis und Peter sich jemals vertragen haben und was aus ihnen und
dem Gottesgeschenk geworden ist.

Ein dummer Ochse?

Es war einmal ein Gutsherr, der zwei Ochsen besaß. Jedes Jahr im Frühling schickte er seinen Knecht mit diesen beiden Ochsen zu einer Weide, die weit vom Hof entfernt war. Der Gutsherr war geizig und oft ungerecht zu seinen Mägden und Knechten, obwohl er sehr viel Geld in einem geheimen Versteck hatte. So kam es dann auch, daß er den Knecht ohne Essen losschickte.
Nach vielen Tagen des Hungers hielt es der Knecht nicht mehr aus und schlachtete einen der Ochsen. Es kam der Herbst, und der Knecht kehrte nunmehr nur mit einem Ochsen auf den Hof zurück. Als der Gutsherr seinen Knecht mit nur einem Ochsen sah, brüllte er vor Wut: »Du dummer Ochse, wo ist der andere geblieben?« - »Der andere?« fragte der Knecht. »Hier ist der eine«, und er zeigte auf den Ochsen. »Der andere bin ich«, sagte er und deutete auf sich. »Ihr habt es soeben selber gesagt.«

Drei Windknoten

Vor langer Zeit lebte ein Lausbube, der seine Eltern oft in die Verzweiflung trieb. Man brauchte ihn nur für einen Moment aus den Augen zu verlieren, schon stellte er Unsinn an. Obwohl es ihm verboten war, lief er immer wieder zum Teich, um dort zu spielen. Die Mutter war in großer Sorge, der Junge könnte ertrinken. Es half auch nichts, daß der Vater ihn ab und zu übers Knie legte. Was der Junge auch in die Hände bekam, er lief damit zum Teich und warf es hinein und schaute zu, wie es wegschwamm. So verschwanden mancher Löffel, Töpfe und sogar Schuhe des Vaters. Nachdem eines Tages die Lieblingspfeife des Vaters verschwunden war, wurde diesem klar, daß alle Bemühungen umsonst waren. Der Mann sprach mit seiner Frau, und sie beschlossen, den Jungen zum Seemann ausbilden zu lassen, wenn er das Wasser so liebte. Sie ließen die Nachricht verbreiten, daß sie einen Lehrer für ihn suchten. Es fand sich auch bald ein alter Mann, der sein ganzes Leben lang zur See gefahren war. Er begann damit, dem Jungen alle seine Seemannsweisheiten beizubringen. Der Junge war sehr strebsam, und schon nach kurzer Zeit sagte der alte Mann dem Vater, daß sein Sohn nun ausgebildet sei. Bevor der Sohn das Elternhaus verließ, um die Meere zu entdecken, gab der alte Mann ihm eine Schnur mit drei Knoten darin. Dann sprach er: »Auch wenn du alle Winde, alle Ecken der Welt und alle Meere kennen wirst, reicht es immer noch nicht aus, um ein tüchtiger Seemann zu sein. Wenn kein Wind ist, mußt du abwarten, bis die Winde wehen. Wenn ein Sturm tobt, mußt du abwarten, bis sich das verärgerte Meer beruhigt hat. Diese Schnur aber macht dich zum Gebieter der Meere und der Winde. Wenn das Meer still ist, löse den ersten Knoten. Sofort werden kräftige und günstige Winde deine Fahrt beschleunigen. Löst du den zweiten Knoten, werden Stürme das Meer aufpeitschen. Wenn du den dritten Knoten losbindest, wird sich das Meer beruhigen.« Nachdem der alte Mann gegangen war, zog der junge Seemann los, um alle Weltmeere zu befahren. Bald wunderten sich andere Seeleute über ihn, denn wo er auch segelte, immer wehte ein günstiger Wind für ihn. Niemals griff ihn ein Sturm an oder traf ihn ein anderes Unglück.

Einmal lief der Seemann mit seinem Schiff in einen Hafen ein, der zu einem Königreich gehörte. Viele Schiffe lagen dort zur Abfahrt bereit. Der Seemann hatte aber alle drei Knoten der Schnur gelöst und die Winde ruhten. Das Meer war still und an Land bewegte sich kein Blatt. So waren die Schiffe gezwungen, im Hafen zu bleiben. Viele Tage vergingen. Alle Seeleute waren verärgert. Im Schloß lief der Sohn des Königs aufgeregt hin und her. Er sollte an diesem Tag zu seiner Braut, einer Prinzessin im Nachbarkönigsreich, um sie zu heiraten. Aber nur mit dem Schiff konnte er dort hingelangen. Sollte er nicht rechtzeitig ankommen, würde die Prinzessin einen anderen heiraten. So bot der Königssohn demjenigen viel Geld, der ihn zu den anderen Ufern des Meeres bringen würde. Als kaum noch Zeit blieb, war er sogar bereit, die Hälfte des Reiches abzugeben.
Das hörte der Seemann, und er versprach dem Königssohn, ihn rechtzeitig zu seiner Braut zu bringen. Fröhlich bestieg der Prinz das Schiff, und der Seemann band den ersten Knoten los. Sofort kam ein kräftiger Wind auf, und das Schiff raste davon. Schon am nächsten Morgen sah der Prinz das väterliche Schloß seiner Braut und kam im allerletzten Augenblick dort an. Gerade wollte man seine Auserwählte mit einem anderen vermählen. Glücklich schloß er seine Braut in die Arme und blieb nach der Hochzeit in diesem Königreich. Der Kapitän segelte zurück, um die versprochene Hälfte des Königreiches zu regieren. Während der Fahrt begann er zu grübeln:»Wozu brauche ich eigentlich das Königreich? Geht es mir schlecht auf meinem Schiff? Soll der König nur sein Reich behalten, ich will es nicht. Ich werde mich nur einmal umsehen, wie die Leute in dem Königreich leben.
So fuhr der junge Seemann zu dem alten König und sagte ihm, daß er die versprochene Hälfte seines Reiches nicht annehmen möchte, weil es keinem König so gut ginge wie ihm auf seinem Schiff. Der alte König bat den uneigennützigen Seemann, zumindest eine Weile

zu bleiben. Der Kapitän war einverstanden und wollte ein paar Tage
bleiben. Aber nach der ersten Mahlzeit wollte er gar nicht mehr
wegfahren, denn die schöne Tochter des Königs saß mit ihm zu
Tisch. Sie gefiel dem Seemann sehr.
Eines Tages kamen Brautwerber angefahren. Der Herrscher des an-
grenzenden Königreiches hatte sie ausgeschickt, weil er die Prinzessin zur Frau haben wollte. Die Prinzessin liebte aber den mutigen
Kapitän und lehnte die Brautwerber ab. Diese schienen nicht sehr
erbost darüber zu sein. Sie baten den König, die Nacht im Schloß
verbringen zu dürfen, weil es zu gefährlich sei, bei Nacht aufs Meer
hinauszufahren. Der alte König bot ihnen gerne Gastfreundschaft
an und bewirtete sie gut.
Am nächsten Morgen fand man sie nicht im Schloß. Auch die Prinzessin war verschwunden. Sie hatten sie geraubt und waren geflohen. Der alte König ergraute vor Gram und Kummer. Er würde
seine Tochter nie wiedersehen. Die Insel, auf die man sie ver-
schleppt hatte, war von hohen Bergen umgeben. An unsichtbaren
Riffen würde jedes Schiff zerschellen. Keiner in seinem Reich kannte die geheimen Wege, die zur Insel führten. Der König war verzweifelt, aber der Kapitän ließ den Mut nicht sinken. Er überredete
seine Leute mit ihm zu kommen und stach in See. Sobald sich sein
Schiff der Insel näherte, ließ der räuberische Herrscher die Segel
hissen, und seine Schiffe fuhren dem mutigen Kapitän entgegen.
Dieser hatte seinen Leuten befohlen, vor Anker zu gehen, und als
sich die feindlichen Schiffe den Riffen näherten, band er die ersten
beiden Knoten los. In diesem Augenblick kam ein furchtbarer Sturm
auf, und das Meer tobte. Riesige Wellen brachen über die Schiffe
herein und rissen alles mit sich. Auch das Schiff des Kapitäns wurde
wie eine Nußschale von den Wellen hin und her geworfen. Nach
einer Weile band der Kapitän den dritten Knoten los, und das wü-
tende Meer wurde ruhig. Die Wellen verliefen sich.
Überall schwammen die Wracks und die zerfetzten Segel im Meer.
Keiner der feindlichen Seeleute hatte den Sturm überlebt. Nur der
räuberische Herrscher und die Prinzessin waren auf der Insel geblieben. Der Kapitän ging mit seinen Leuten an Land und befreite
die Prinzessin. Dann trat er die Rückreise an.

Kurz darauf gab es im Schloß ein großes Fest, denn der Seemann hatte die Prinzessin geheiratet. Sie lebten beide im Schloß. Nur ab und zu zog der Kapitän die Segel hoch und fuhr aufs Meer hinaus. Die Schnur mit den drei Knoten nahm er dann immer mit. Einmal sagte er zu seiner Frau, er wünsche sich einen Knaben, dessen Herz nach der Ferne und der Weite des Meeres strebe, damit er ihm, wenn er selbst alt sei, die Schnur schenken könne.

Jeder selbst ist seines Glückes Schmied

Vor grauen Zeiten lebte ein alter Schmied in einem kleinen Dorf. Die Balken seiner Schmiede waren gebogen wie sein Rücken.

Es war ein alter Brauch, daß sich die Dorfbewohner am Silvesterabend in der Schmiede versammelten. Jeder goß ein Stück Blei, um darin das Glück zu erkennen, welches das neue Jahr bringen möge. Wenn auch mancher im gegossenen Blei wenig Glück erkannte waren doch alle frohen Mutes.

So geschah es nun an einem Silvesterabend, alle Dorfbewohner befanden sich in der Schmiede, und jeder hatte ein Stück Blei in der Hand. Es herrschte fröhliche Aufregung, und man wartete gespannt auf Mitternacht. Kurz vor Jahreswechsel füllte der Schmied Kohle in die Esse und begann den Balg zu treten. Bald glühte die Kohle rot auf. Der alte Schmied nahm einen eisernen Becher und reichte ihn der Reihe nach den Leuten, damit jeder sein Stück Blei schmelzen konnte, um so selbst sein eigenes Glück zu gießen.

Schließlich gelangte der Becher wieder zum Schmied. Er nahm sein Bleistück, warf es hinein und schmolz es über dem Feuer. Das geschmolzene Blei goß er dann in einen Eimer, der mit Wasser gefüllt war. Nachdem es abgekühlt war, nahm er es heraus. So sehr sich der Schmied auch bemühte, es ließ sich in dem merkwürdigen Gebilde nichts erkennen, weder Glück noch sonst etwas fand er darin. »Auch gut«, rief der Schmied da aus, »wenn nicht, dann nicht!« Er griff ein Stück Eisen und warf es ins Feuer. »So werde ich mir mein Glück selbst schmieden«, rief er aus und bald dröhnte es in der Schmiede. Unter seinen wuchtigen Schlägen entstand ein Gebilde, dem Menschen ähnlich. Erst ein Kopf, dann der Rumpf und kurz darauf die Arme und Beine. Erst als er mit seinem Werk zufrieden war, legte er es in einen Wassertrog. Es zischte und brodelte kurz auf, dann tauchte ein Knabenkopf aus dem Wasser hervor.

Nur einen Augenblick später entstieg dem Trog ein junger Bursche.
Er nahm dem Schmied den Hammer aus der Hand und begann zu
schmieden, daß die Funken nur so stoben. Der alte Schmied konnte
sich endlich etwas Ruhe gönnen, und drei gute Jahre vergingen.
Eines Tages begann der eiserne Bursche eine Keule zu schmieden.
Die Keule wog gut hunderttausend Unzen, und nachdem er sie fertig
hatte, verließ er den Schmied und zog in die Welt hinaus.
Auf seiner Wanderung kam er an einem Hof vorbei. Er warf seine
Keule zu Boden und wollte sich auf einen Rasenhügel niederlegen.
Die schwere Keule durchschlug den Boden und fiel in einen Keller,
der sich darunter befand.
Der Bursche griff in das Loch und holte seine Keule wieder heraus.
Dann ging er ins Haus und bat um Übernachtung. Die Leute freuten
sich, einen Gast zu haben, und gaben ihm ein Bett. Der Bursche legte sich hinein, und krachend brach es unter seinem Gewicht zusammen. Er bemerkte es aber nicht und schlief weiter. Am nächsten
Morgen bedankte er sich bei den Leuten und machte sich auf den
Weg. Bald traf er einen alten Mann, der zum Landgut unterwegs war,
um dort Fronarbeiten abzuleisten. Der alte Mann bat den Burschen,
ob dieser nicht für ihn das Korn dreschen könne. Der eiserne Bursche nickte nur mit dem Kopf und ging zum Landgut. Dort angekommen, begann er sofort das Korn zu dreschen. Nach getaner Arbeit
zündete er Feuer im Ofen an und legte sich nieder. Bald schlief er
ein. Kurz darauf weckte ihn jemand. Er öffnete ein Auge und sah,
daß es ein Dienstmädchen des Landherrn war. Sie beugte sich zu
ihm nieder und legte einen Finger auf die Lippen. Flüsternd erzählte
sie ihm, daß der Landherr mit den Teufeln im Bunde wäre. Gerade
eben hätte sie durch das Schlüsselloch beobachtet, wie im Zimmer
des Herrn schwarze Katzen um einen Teufel herumgetanzt wären.
Der Bursche beruhigte das Mädchen und sagte: »Mach dir keine Sorgen, ich werde sie etwas einschüchtern!« Dann nahm er seine Keule
und schlug damit gegen die Grundmauern des Schlosses. Anfangs schwankten die Türme nur, dann aber brach das ganze Schloß
zusammen. Aus den Trümmern kamen die schwarzen Katzen hervor
und liefen eiligtst davon. In der Nacht holten die Teufel den Landherrn und rissen ihn mit in die Hölle. Am nächsten Morgen wunder-

ten sich die Fronarbeiter und fragten, wo der Landherr geblieben sei. Der eiserne Bursche erzählte ihnen, was geschehen war. Da wollten die Fronarbeiter wissen, wer nun ihr Herr würde. »Ihr selbst seid die Herren«, antwortete der Bursche, »niemand mehr wird über euch herrschen!« - »Niemand soll über uns herrschen?« fragten die Leute. Der Bursche deutete auf seine Keule und sagte: »Jeder selbst ist seines Glückes Schmied!« Von da an gab es in diesem Land keine Herren mehr!

Der gute Rat des Großvaters

In einem Land hatten die Leute einmal einen seltsamen Brauch. Wenn die Menschen alt geworden waren und nicht mehr arbeiten konnten, fuhren ihre Angehörigen sie in den Wald und ließen sie allein.

Auf einem Hof war nun wieder die Zeit gekommen, einen Alten zum Wald zu fahren. Der Großvater konnte keine Arbeiten mehr verrichten, er war am Ende seiner Kräfte. So hieß es nun, daß er das Dorf verlassen sollte. Der Sohn des Alten bereitete den Schlitten vor, setzte den Großvater darauf und zog mit ihm zum Wald. Der Enkel, der den Großvater gern hatte, lief traurig mit. Am Waldesrand angekommen, ließ der Vater den Schlitten stehen und sagte: »Jetzt muß der Alte alleine weiter. Wir lassen ihm den Schlitten« Der Enkel aber sagte: »Nein, Vater, den Schlitten kannst du ihm nicht überlassen. Den Schlitten brauche ich, um dich in den Wald zu fahren, wenn du alt geworden bist.« Da wurde der Vater sehr nachdenklich, als sein Sohn ihm sein eigenes Schicksal vor Augen führte. Und als er daran dachte, auch einmal in den Wald zu müssen, rührte es ihn so sehr, daß er den Großvater wieder mit zurücknahm. Zu Hause angekommen, versteckte er den Alten im Keller. Niemand durfte ihn sehen. Er brachte ihm jeden Tag zu essen und zu trinken. Nach einiger Zeit brach eine Hungersnot im Lande aus. Niemand mehr besaß Roggen. Nur etwas Gerste war übrig geblieben. Auch der Alte im Keller bemerkte, daß etwas Schlimmes geschehen war. Nach einigen Tagen, an denen er nur ein wenig Gerstenbrot bekommen hatte, fragte er seinen Sohn:»Warum gibst du mir kein Roggenbrot mehr?« - »Im ganzen Land herrscht großer Hunger. Niemand mehr besitzt Roggen und keiner hat mehr etwas zu säen«, antwortete der Sohn. »Höre auf meine Worte«, sagte da der Großvater. »Gehe zur Kornkammer und nimm das alte Stroh vom Dach. Drisch es und du wirst sehen, daß du noch so manches Korn findest. Es wird reichen, um dein Feld damit zu besäen.« Der Sohn handelte wie ihm der Alte empfohlen hatte. Er deckte das Strohdach der Kornkammer ab und drosch es. Tatsächlich bekam er soviel Korn, daß er sein ganzes Feld damit bestellen konnte. Der nächste Sommer kam, und auf seinem Feld wuchs prächtiger Roggen. Die übrigen Leute des Landes wunderten sich und wandten sich neidvoll an den Landherrn. Dieser ließ den Sohn des Alten zu sich kommen und fragte: »Woher hast du das Korn um dein Feld zu bestellen, wenn andere im Lande nicht einmal ein Körnchen Roggen besitzen?« Der Sohn zögerte lange, sagte dann aber dem Landherrn die Wahrheit. »Diesen guten Rat hat dir der Alte gegeben?« fragten alle Leute verwundert und dachten darüber nach. So kommt es, daß in diesem Land die alten Menschen nicht mehr in den Wald gebracht werden, im Gegenteil, man begegnet ihnen mit Ehrfurcht.

Das Mädchen auf dem Mond

Vor langer Zeit lebte ein wunderschönes junges Mädchen in einem Dorf. Sie war sehr hochmütig und zudem übermäßig stolz auf ihre Schönheit. Viele Jünglinge verliebten sich in die stolze Schönheit und hielten um ihre Hand an. Sie aber lehnte alle ab, weil es nur Bauern waren. Nur einem Bräutigam aus dem Adelsstand würde sie ihr Ja-Wort geben, ließ sie jeden Bauernsohn wissen, der um sie warb. Man sagt aber, wer hoch steigt, der wird auch tief fallen. So sollte es denn auch mit der stolzen Schönheit geschehen. Einmal saß sie mit anderen Dorfmädchen im Badehaus auf der Schwitzbank. Als es den Mädchen zu heiß wurde, liefen alle ins Freie, um sich abzukühlen. Es war Abend und am Himmel stand, glänzend und von keiner Wolke getrübt, der Vollmond. Die stolze Schöne wollte sich vor den anderen Mädchen wichtig tun, drehte ihren bloßen Hintern gegen den Mond und sang: »Mein eigenes Hinterchen ist glänzender als der Mond.« Da wurde der Mond sehr zornig und riß die hochmütige Schöne zu sich hinauf und kettete sie in seinem Hof an. Für alle Zeiten muß sie nun dort bleiben, damit die Leute sie sehen und sich vor übermäßigem Hochmut hüten.

Sieben Brüder

Es hatte einmal ein Vater sieben Söhne. Als sie erwachsen wurden, beschlossen sie, in die Fremde zu ziehen, um sich Frauen zu suchen. Der jüngste Bruder mußte zu Hause bleiben und dem Vater bei der Arbeit helfen. Die anderen Brüder versprachen ihm: »Du brauchst dir keine Sorgen zu machen, wir bringen auch für dich eine Frau mit.« So zogen die Brüder fort. Es wurde Abend, und sie suchten eine Unterkunft für die Nacht. Ihr Weg führte sie zu einer kleinen Hütte, die mitten im Wald stand. Sie gingen hinein und baten um Schlafplatz. In dem kleinen Haus lebte ein Zauberer. Er fragte die Brüder gleich, was sie in die Fremde trieb.
»Uns Frauen zu suchen«, antworteten sie. »Dann bringt für mich auch eine Frau mit«, bat der Zauberer.
»Wenn wir eine finden, warum nicht«, antworteten die Brüder und gingen am nächsten Morgen weiter. Sie hatten Glück, weil sie bald darauf einen Mann trafen, der sieben Töchter hatte. Auf dem Rückweg wollten sie wieder im Haus des Zauberers übernachten. Der Zauberer fragte sofort: »Habt ihr auch für mich eine Frau bekommen?«
»Gut, daß wir selbst welche bekommen haben«, antworteten die Brüder, und über den Zauberer spöttelnd, fügten sie hinzu:
»Wir haben auch keine Frau gefunden, die im Alter zu dir passen könnte.« Darüber war der Zauberer sehr böse. Er nahm eine Weidenrute und schlug damit auf die Brüder und ihre Frauen ein. Sofort verwandelten sie sich in Steine. Die Frau des jüngsten Bruders behielt der Zauberer für sich. Es verging eine lange Zeit. Ungeduldig wartete der jüngste Bruder auf die Heimkehr seiner Brüder. Eines Tages entschloß er sich, sie zu suchen. Er verließ den Vater und den Hof und kam bald zur Hütte des Zauberers.
Da er nichts von dem bösen Treiben des Zauberers wußte, entschloß er sich, um Unterkunft zu bitten. Der Zauberer war zur Zeit nicht zu Hause, und ein schönes Mädchen öffnete die Tür.

»Was suchst du hier? Hier lebt ein böser Zauberer! Er wird dich töten!«

»Hab keine Angst, schönes Mädchen. Ich bin sehr stark, ich werde mit dem Zauberer kämpfen.«

»Man kann den Zauberer nur dann besiegen, wenn man sein Herz in der Hand wiegt, aber ich weiß nicht, wo es sich befindet.«
Dem jüngsten Bruder gefiel das schöne Mädchen, und bald erfuhr er, daß es für ihn als Frau bestimmt war. Er wollte das Mädchen vom Zauberer befreien. Sie beschlossen, daß er sich im Schrank versteckte und das Mädchen versuchen sollte, zu erfahren, wo sich das Herz befand. Bald darauf kam der Zauberer nach Hause. Das Mädchen tat sehr nett zu ihm, was den Zauberer verwunderte. Das Mädchen aber sagte:
»Gegen Schicksal kann man nichts tun. Es ist aber schade, daß ich nicht so lange leben werde wie du, und daß der Tod uns dann trennen wird.«

»Ja, das stimmt, was du sagst. Mein Leben währt dreihundert Jahre lang. Nur dann würde es enden, wenn jemand mein Herz fände, das ist aber unmöglich.«
Das Mädchen redete immer lieblicher auf den Zauberer ein, bis es herausbekam, daß sich sein Herz in einer Kirche befände, die versteckt in einem großen Wald stand. Dort würde es wie ein kleiner Vogel herumflattern. Nachdem der Zauberer eingeschlafen war, machte sich der jüngste Bruder auf den Weg, die Kirche zu suchen. Er hatte schon ein gutes Stück Weg hinter sich, als er Hunger bekam. Er hatte aber keine Lust, allein zu essen, und so seufzte er:
»Käme doch jemand, mit dem ich mein Essen teilen könnte. Kaum hatte er es ausgesprochen, trat ein großer Bulle aus dem Dickicht heraus und half ihm, sein Mahl zu verzehren.
Beim Abschied sagte der Bulle: »Wenn du mich einmal brauchst, rufe mich.« Der Bruder ging weiter, und gegen Mittag bekam er wieder Hunger. Er seufzte: »Käme doch jemand, mit dem ich mein Essen teilen könnte.« Augenblicklich erschien ein großes Wildschwein und half dem Bruder, sein Mittagsmahl zu verzehren. Als das Wildschwein wegging, sagte es: »Wenn du mich einmal brauchst, rufe

mich.« Der Bruder ging weiter, und am Abend hatte er Hunger. Er seufzte: »Käme doch jemand, mit dem ich mein Essen teilen könnte.« Sofort kam ein großer Habicht angeflogen und half dem Bruder, sein Abendessen zu verzehren. Als der Habicht wegflog, sagte er: »Wenn du mich einmal brauchst, rufe mich.«
Der Bruder ging weiter, die ganze Nacht hindurch, bis er zu der Kirche kam. Doch vor der Kirche war ein breiter Fluß, und er konnte nicht hinübergelangen. »Wäre der große Bulle hier, könnte er den Fluß austrinken!« rief da der Bruder. Sofort war der große Bulle da und trank mit einem Zug den Fluß leer. Der Bruder ging hinüber, aber dann sah er, daß die Kirche von einer hohen Mauer umgeben war. Da rief er: »Wäre das große Wildschwein hier, könnte es die Mauer durchbrechen!« Augenblicklich erschien das große Wildschwein und brach ein Loch in die Mauer, daß man mit einem Wagen hätte hindurchfahren können. Der jüngste Bruder ging in die Kirche hinein und sah einen goldenen Vogel flattern. »Wie kriege ich ihn aber in die Hand?« Da rief er: »Wäre der große Habicht hier, könnte er den Vogel fangen.« Plötzlich war der große Habicht da, fing den goldenen Vogel und legte ihn dem Bruder in die Hand. Der Vogel war tot.
Fröhlich eilte der jüngste Bruder zum Haus des Zauberers, den er ebenfalls tot vorfand. Dann nahm er die Weidenrute und schlug damit auf die zwölf Steine und rief seine Brüder und die Frauen zurück ins Leben. Dann gingen alle nach Hause, wo der Vater sie schon erwartete.

Die blinde Braut

Es lebte einmal eine Mutter, die eine halbblinde Tochter hatte. Als es an der Zeit war zu heiraten, da befürchtete die Mutter, daß sich niemand finden würde, um ihre Tochter zu heiraten. So dachte sie sich eine List aus und sagte zu ihrer Tochter: »Liebes Töchterchen, wenn die Freier kommen, lasse ich eine Nadel fallen. Dann sagst du mir, daß ich die Nadel aufheben soll. Die Freier werden glauben, daß du ganz gut sehen kannst.« Wie listig ausgedacht, so geschah es auch. Am nächsten Tag erschienen tatsächlich die Freier und unterhielten sich mit der Tochter. Nach einiger Zeit rief das Mädchen nach seiner Mutter und bat sie, die Nadel, die an der Tür läge, aufzuheben. Trügerisch sagte die Mutter: »Töchterchen, du siehst ja besser als ich. Ich habe die Nadel überhaupt nicht bemerkt. Du aber hast sie aus dieser Entfernung gesehen.« Einer der Freier, der alles gehört hatte, sprach zu den anderen: »Sie ist überhaupt nicht blind. Die Leute, die das erzählten, haben gelogen.« Während sie sich noch unterhielten, kam der Vater des Mädchens nach Hause und stellte einen Krug Bier auf den Tisch. Die Mutter schickte das Mädchen in den Keller, um Käse zu holen. Das Mädchen kam aus dem Keller zurück, sah den Krug auf dem Tisch, hielt ihn für einen Hahn und rief: »Weg mit dir, du blödes Vieh«, und schlug mit der Hand nach dem Krug. Der Krug fiel vom Tisch und zersplitterte in hundert Teile. Die Freier aber erkannten nun, daß das Mädchen tatsächlich blind war und verließen eiligst das Haus.
Man merke: Hinterlist führt oft zum eigenen Schaden!

Der goldene Apfelbaum

Es geschah, daß einem Mädchen die Mutter starb und es so Halb-
waise wurde. Nach der Zeit der Trauer nahm der Vater sich eine
Frau, die drei Töchter mit in die Ehe brachte. Eines der Mädchen
hatte nur ein Auge, ein anderes zwei, die dritte Tochter sogar drei
Augen. Eins aber hatten sie gemeinsam, sie waren sehr faul.
So mußte die Stieftochter alle Hausarbeiten verrichten.
Einmal schickte die Stiefmutter das Mädchen auf die Weide, um
die Kuh zu hüten. Zusätzlich gab sie ihm das Spinnrad mit und drei
Pfund Wolle. Sie drohte mit Strafe, wenn das Mädchen bis zum
Abend nicht die Wolle gesponnen hätte.
Auf der Weide angekommen, begann das Mädchen zu weinen und
schluchzte so laut, daß die Kuh erschrocken ihren Kopf hob. Das
Mädchen jammerte, weil es nicht wußte, wie es mit der Arbeit bis
zum Abend fertig werden sollte. Da sprach plötzlich die Kuh das
Mädchen an und fragte, warum es weine. Das Mädchen erzählte
der Kuh von seinem Kummer. Die Kuh brummelte beruhigend auf
das Mädchen ein und sagte schließlich: »Ich kann dir helfen. Stop-
fe mir die Wolle ins Maul hinein.« Das Mädchen tat, was ihm die
Kuh geheißen, und Augenblicke später kamen Fäden aus den Na-
senlöchern und wickelten sich auf den Hörnern auf. Freudig eilte
das Mädchen mit dem Garn nach Hause. Die Stiefmutter war sehr
verwundert darüber, daß die ganze Wolle bereits gesponnen war.
Am nächsten Tag schickte sie ihre eigene Tochter — die mit dem
einen Auge — auf die Weide, damit sie herausfinde, wieso das geschehen konnte. Gegen Mittag wurde das Mädchen schläfrig und
begann ein Lied zu summen: »Schlaft ein, meine Äugelchen . . . zuerst das eine, dann das andere . . . « Bald fiel dem Mädchen auch
das eine Auge zu und es schlief ein. Da kam die Stieftochter und
schob der Kuh die Wolle ins Maul. Schnell war das Garn gesponn-
nen. Am Abend fragte die Mutter ihre eigene Tochter, wie sie so
schnell mit der Arbeit fertig geworden wäre? Diese wußte aber
nichts zu antworten.

Am nächsten Tag schickte sie ihre zweiäugige Tochter auf die Weide, und alles wiederholte sich wie am Tag zuvor. Auch die zweite Tochter war nicht klüger und wußte nichts zu berichten.

Am dritten Tag ging die dritte Tochter, die drei Augen hatte, zur Weide. Auch sie begann das Wiegenlied zu summen.

»Schlaft ein, meine Äugelchen, schlaft ein. Zuerst das eine, dann das andere.« Bald waren zwei ihrer Augen auch geschlossen, das dritte aber blieb auf. So konnte sie alles beobachten und ihrer Mutter davon berichten, wie die Stieftochter ihre Arbeit verrichtete. Da wurde die Mutter sehr wütend und gebot, daß man die Kuh schlachten solle. Bevor man die Kuh schlachtete, flüsterte diese dem Mädchen zu, es solle ihr Herz am Zauntor begraben. So geschah es, und das traurige Mädchen begrub das Herz an der angegebenen Stelle.

Es verging eine Zeit, und bald wuchs an dieser Stelle ein goldener Apfelbaum, der goldene Äpfel trug. Wenn jemand einen solchen Apfel pflücken wollte, streckte sich der Baum in die Höhe, so daß es unmöglich war, auch nur einen einzigen Apfel zu bekommen. Nur die Stieftochter konnte ungehindert die Äpfel von dem Baum nehmen.

Eines Tages kam ein Königssohn mit seinem Gefolge an diesem Ort vorbei und versuchte, einen Apfel zu pflücken. Aber der Baum streckte sich wieder aus. Da ließ der Prinz alle Leute aus der Gegend herbeirufen. Es kamen auch die Mutter, die drei Töchter und die Stieftochter. Der Königssohn versprach, das Mädchen zu heiraten, dem es gelingen würde, einen Apfel zu pflücken. Die drei Töchter versuchten es der Reihe nach, aber der Baum streckte sich jedesmal aus. Da wurde der Prinz auf die Stieftochter aufmerksam, die abseits stand. Er bat sie, es doch auch zu versuchen. Als das Mädchen an den Apfelbaum trat, beugten sich seine Äste herunter, und es konnte so viele Äpfel nehmen, wie es wollte. Es gesehen, zerplatzten die Stiefmutter und ihre Töchter vor Neid. Der Prinz aber nahm das Waisenkind mit auf sein Schloß und heiratete es.

Die Fledermaus

Vor vielen Jahren führten die Vögel Krieg gegen die anderen Tiere.
Der Krieg dauerte schon lange an, und es war kein Frieden abzuse-
hen.
Die Fledermaus hatte für sich eigene Regeln ersonnen und verhielt
sich sehr merkwürdig. Wenn die Vögel eine Schlacht gewannen,
flog sie mit ihnen durch die Lüfte. Gewannen einmal die anderen
Tiere, verkroch sie sich am Boden, wie eine kleine Maus. Bald gab es
aber einen Sieg, mit dem die Fledermaus nicht gerechnet hatte,
nämlich den der Vernunft. Die Tiere hatten alle genug vom Krieg, und
man schloß endlich Frieden. Bei den Friedensverhandlungen stellte
sich die List der Fledermaus heraus, da sie weder zur einen noch zur
anderen Seite gehörte. Da wurden die Vögel und die anderen Tiere
sehr zornig, und die Fledermaus mußte fliehen. Um ihr Leben zu ret-
ten, verkroch sie sich in einen Mauerspalt. Da sitzt sie heute noch
und traut sich nur nachts, ihr Versteck zu verlassen.

Der Bär und die Zaunkönige

Zaunkönigskinder lugten einmal aus ihrem Nest heraus und sahen den Bären vorübergehen. Als ihre Mutter ankam, erzählten sie ihr: »Hier an unserer Haustür ist ein Großer, ein ganz Großer vorbeigegangen.« Die Mutter, von einem Ast auf den nächst höheren springend, fragte: »War er so groß, oder noch größer?« Die Kinder antworteten nur: »Noch größer, noch viel größer!« Da rief die Mutter zornig aus: »Ihr seid ja so kindisch! Wer kann denn größer sein als ich?«

Der gelehrte Bulle

Ein armer Junge verließ einmal sein Dorf, weil er dort keine Arbeit fand. Er ging nach Riga, um dort in der Stadt ein wenig Geld zu verdienen. Einige Zeit später hatte er auch Glück. Nachdem er zu Geld gekommen war, kaufte er sich einen Anzug und einen Mantel. An einem Sonntag fuhr er nach Hause, um seine Verwandten zu besuchen. Unterwegs kehrte er in einen Gasthof ein und bestellte sich ein Bier. Bald kam er mit anderen Gästen ins Gespräch. Der Junge erzählte davon, wie es ihm ergangen war. Einer der Gäste hatte viel getrunken und wollte klüger sein als die anderen. Er sagte: »Man kann das letzte Vieh nach Riga schicken, in ein paar Jahren macht man dort aus ihm einen großen Herrn!«

Ein alter Mann, der selber keine Kinder hatte, hörte diese Worte. Auf dem Heimweg grübelte er und dachte darüber nach, ob man nicht auch einen jungen Bullen nach Riga schicken könnte, damit man dort aus ihm einen feinen Herrn mache. In der Nacht fand der alte Mann keinen Schlaf, weil er immer wieder darüber nachdenken mußte. Beim Frühstück erzählte er seiner Frau von der Idee. Schon kurze Zeit später beschlossen die beiden Alten, ihren jungen Bullen nach Riga zu schicken. Am nächsten Morgen machten sie sich mit dem Bullen auf den Weg.

In Riga angekommen, waren sie von den großen Menschenmassen auf den Straßen verwirrt und wußten nicht, wen sie nach der Schule befragen sollten. Da sahen sie einen Soldaten auf einer Brücke stehen, der in ihnen Vertrauen erweckte. So fragten sie ihn auch, wo die Schule sei, in der man aus einem Bullen einen großen Herrn mache. Der Soldat bemerkte sofort, welche Schlauköpfe er vor sich hatte, und hielt eine Antwort parat. Er erzählte ihnen, daß alle Bullenschulen zur Zeit voll besetzt seien, aber der Bulle eine Weile bei ihm bleiben solle, bis er für ihn einen freien Platz gefunden hätte. Die Alten waren sehr froh darüber und überließen dem Soldaten gerne ihren Bullen. Bevor sie sich auf den Heimweg machten, sagte der Soldat ihnen noch, daß sie in drei Jahren wieder nach Riga kommen sollten, um den Bullen abzuholen, dann wäre er sicherlich schon ein großer Herr. Die Alten bedankten sich bei dem Soldaten und gingen erleichtert nach Hause.

Die Zeit verging, und die alten Leute freuten sich, bald einen Sohn zu haben, der auch noch ein feiner Herr sein würde. Drei Jahre später gingen sie wieder nach Riga, um zu schauen, wie es um ihren Sohn stehe. Sie fanden auch bald den Soldaten und fragten ihn, ob ihr Bulle schon ausgelernt hätte. Der Soldat war sehr verwundert und konnte sich an keinen Bullen erinnern. Die Alten erklärten ihm, daß sie ihm doch vor drei Jahren einen Bullen überlassen hätten, damit er in der Schule eingeschrieben werde.

Nun erst konnte der Soldat sich wieder erinnern, denn er hatte den Bullen damals geschlachtet und längstens aufgegessen. Wieder um keine Antwort verlegen, sagte er den Alten, daß aus ihrem Bullen ein großer Mann geworden wäre. Er zeigte auf ein Haus. Dort würde ihr Sohn als Rechtsanwalt arbeiten. Er wäre sehr tüchtig und ein geachteter, feiner Herr. Die alten Leute waren sehr froh darüber, daß sie nun ihren Sohn sehen würden, und gingen schleunigst zu dem Haus, das ihnen der Soldat gezeigt hatte. An der Tür befand sich ein Schild, »Rechtsanwalt Bulle« stand darauf. Frohen Mutes gingen die Alten hinein. In der Kanzlei saßen viele Leute, und man wollte sie erst gar nicht hineinlassen. Die beiden Alten ließen sich aber nicht daran hindern und sagten, daß sie keine Fremden seien, der Rechtsanwalt sei ihr Sohn. Sie hätten wohl ein Recht darauf, ihren Sohn sehen zu dürfen. Als sie das Anwaltszimmer betraten, war die Freude der Mutter groß: »Ach, du mein lieber Bulle«, rief sie aus. Der Anwalt hatte hübsche, glänzende Haare, und die Mutter fuhr fort: »Welch einen schönen Schopf du doch hast. Wie damals, als ihn dir die Kuh noch ableckte. So ist es auch heute noch. Auch die weiße Brust ist geblieben.«

Der Rechtsanwalt konnte nicht begreifen, was die Alten von ihm wollten, und er war sehr verärgert. Schließlich ließ er die beiden hinauswerfen. Auf der Straße stieß die alte Frau einen Seufzer aus und sagte zu ihrem Mann:

»Lassen wir ihn in Ruhe, Alter.
Wir werden auch ohne ihn wieder
auskommen. Vieh bleibt eben Vieh!«

Das Gerichtsurteil

Es gab einmal zwei Brüder, der eine war sehr reich, der andere sehr arm. Eines Tages war die Not des Armen so groß, daß er zu dem Reichen ging, um ihn um Hilfe zu bitten. Der reiche Bruder hatte eine Kuh, die zu krepieren drohte und an Fallsucht litt. Leichten Herzens trennte er sich von diesem Tier: »Ich bin sehr großzügig zu dir, aber jetzt laß mich endlich in Ruhe. Nimm das Vieh und verschwinde. Das Fell der Kuh bringst du mir aber zurück.« Der Arme bedankte sich, wälzte das schwache Tier auf seinen Schlitten und zog es zu seiner Hütte. Dort pflegte und heilte er die Kuh. Bald war aus dem elenden Geschöpf eine prächtige Milchkuh geworden. Als der reiche Bruder davon erfuhr, bereute er es sehr, eine solche Kuh abgegeben zu haben. So ging er zu seinem Bruder und forderte von ihm das Kuhfell zurück.

Der arme Bruder aber antwortete: »In ihrem Fell ist ihr Leben. Warte ab, bis ihr Leben endet, dann bekommst du ihr Fell.« Der reiche Bruder gab sich nicht damit zufrieden, und schließlich kam der Fall vor den Richter. Der eine erklärte dem Richter dies, der andere jenes. Da der Richter unter diesen Umständen kein Urteil fällen wollte, beschloß er, den beiden Brüdern drei Fragen zu stellen. Wer die richtigen Antworten gäbe, dem sollte die Kuh zugesprochen werden. Der Richter stellte die erste Frage: »Was ist das Süßeste?«

»Der Honig in meinen Bienenstöcken«, antwortete der Reiche. »Nein«, sagte der Arme, »der Schlaf.« — »Richtig«, entschied der Richter, »und wer ist der Fleißigste?«

»Der am meisten Geld zusammengespart hat!« antwortete der Reiche. »Das stimmt nicht«, sagte der Arme. »Der Fleißigste auf der Welt ist der Sinn des Neiders. Nie schläft er, weder tags noch nachts. Immer liegt er auf der Lauer und kommt nie zur Ruhe.«

»Richtig«, sagte der Richter, »und wer ist der Unglücklichste?«

»Derjenige, der aus Versehen, wie ich, einem Lumpen seine beste Milchkuh gibt!« rief der reiche Bruder aus.

»Gar nicht wahr«, sagte der Arme, »der Unglücklichste ist der, der
ungewollt vor dem Richter zugibt, daß er seinem Bruder nicht das
Kuhfell, sondern die Milchkuh selbst gegeben hat!« So entschied
der Richter, daß dem armen Bruder, der die richtigen Antworten gegeben hatte, die Kuh zugesprochen wurde.

Der Tod

Es war einmal ein Mann, der hatte so viele Kinder, daß er für seinen letztgeborenen Sohn keinen Taufpaten mehr fand. Alle möglichen Namen waren schon an die anderen Kinder vergeben. So beschloß der Vater, seinen Sohn selbst zur Taufe zu bringen und ihm seinen eigenen Namen zu geben. Auf dem Weg zur Kirche trat der Teufel an ihn heran und bot ihm einen großen Beutel voller Goldstücke, wenn er dem Knaben einen Teufelsnamen gäbe und er ihn mit in die Hölle nehmen dürfte.

Der Vater schimpfte den Teufel aus: »Wer gibt denn sein Kind dem Teufel? Eher würde ich mein Kind dem Tod geben, aber niemals dir! Der Tod ist gerecht, zu den Armen und den Reichen!«

Als der Mann so sprach, war der Tod auch gleich zur Stelle und bot sich als Taufpate an. Der Teufel fragte, wer noch als Dritter bei der Taufe sei. »Der Himmelstrommler«, antwortete der Tod, und der Teufel lief erschrocken davon. So verblieb nur der Tod als einziger möglicher Taufpate. Der Vater zögerte noch lange. Schließlich übergab er dem Tod doch seinen Knaben. »Einmal bekommst du ihn sowieso.«

Nach der Taufe nahm der Tod den Knaben zu sich und bildete ihn zu einem tüchtigen Arzt aus. Eines Tages sagte der Tod zu dem jungen Arzt: »Wenn ich an einem Krankenbett hinter dem Kopf des Kranken stehe, sollst du sagen, daß die Krankheit unheilbar ist. Stehe ich aber am Fußende, kannst du den Kranken beruhigen und ihm sagen, daß er bald gesund wird.«

Die Zeit verging, und die beiden taten ihre Arbeit. Eines Tages wurde der Arzt zu einer jungen Prinzessin gerufen. Das schöne Mädchen gefiel ihm sehr, und er wollte es unbedingt heilen. Der Tod stand aber am Kopfende des Bettes. Sofort ließ der Arzt die Dienerschaft das Bett umdrehen, so daß der Tod nun zu den Füßen stand. Die Prinzessin wurde schnell gesund.

Der Tod war sehr böse über den Streich des Arztes, und er entschied,

daß der Arzt anstelle der Prinzessin sterben müsse. Der kluge Arzt aber sagte dem Tod, er wisse nicht, wie man sich in den Sarg zu legen habe. Er solle es ihm doch einmal zeigen. So kam es, daß der Tod zum ersten Mal selber in einem Sarg zu liegen kam. Kaum lag er darin, nagelte der Arzt den Sargdeckel schnell zu, und der Tod blieb in seinem Bett gefangen. Der Arzt eilte davon.
Drei Tage und drei Nächte wunderte sich Gott, wo der Tod wohl abgeblieben sei, denn niemand starb mehr. Am vierten Tag schickte Gott alle Winde aus, den Tod zu suchen. Die Winde brausten in alle Richtungen und fanden bald den gefangenen Tod und befreiten ihn. Zornig entschloß er sich, sofort den listigen Arzt zu töten. Er führte diesen in ein großes Schloß, das keine Fenster hatte. In den riesigen Hallen brannten Tausende von Kerzen. Manche waren gerade erst angezündet worden, andere bis zur Mitte abgebrannt, und es gab welche, die bald verlöschen würden. Der Tod befahl dem Arzt, eine Kerze auszublasen. Der Arzt blies eine Kerze aus, die gerade zu brennen aufhörte.
»Jetzt mußt du sterben, denn jedes erloschene Licht ist das Ende eines Lebens!« rief da der Tod, und der Arzt starb auf der Stelle!

Ein Herr und ein Zigeuner

Einmal, in einem sehr kalten Winter, ließ sich ein Herr mit einem prächtigen Schlitten, der von zwei Pferden gezogen wurde, nach Hause fahren. Als Kutscher diente dem Herrn ein Zigeuner. Der Herr war eingemummt, in einen dicken Pelz. Der Zigeuner hatte sich ein Fischernetz umgelegt.
Sie waren schon eine Weile gefahren, als dem Herrn trotz seines dicken Pelzes kalt wurde. Verwundert sah er, daß der Zigeuner munter auf dem Bock saß und ein Lied pfiff. »Du, Kutscher, ist dir überhaupt nicht kalt?« fragte der Herr. »Nein«, antwortete der Zigeuner.
»Wie kommt es, daß dir nicht kalt ist, ich aber in meiner dicken Kleidung friere?« wollte der Herr erstaunt wissen. »Es ist so«, antwortete der Zigeuner, »bei euch kommt die Kälte in den Pelz hinein, kann dann aber nicht mehr heraus. Bei mir dagegen kommt die Kälte durch das Netz hinein und kriecht sofort wieder hinaus.«
Der Herr dachte darüber nach und sprach:
»Zigeuner, laß uns tauschen. Ich gebe dir meinen Pelz, und du gibst mir dein Netz.« Der Zigeuner war sofort einverstanden und sie tauschten. Da saß der Herr nun mit dem Fischernetz und ihm wurde bald so kalt, daß er es nicht mehr ertragen konnte. »Du, Zigeuner, laß uns wieder tauschen, gib mir meinen Pelz zurück!« Der Zigeuner stellte sich taub, als der Herr ihn immer wieder um Rückgabe seines Pelzes bat. Einmal sagte der listige Zigeuner:
»Herr, ihr wißt doch, getauscht ist getauscht!«

Die kluge Gattin

Ein mächtiger Richter hatte die Tochter eines Bauern geheiratet, und sie lebten glücklich zusammen.

Eines Tages geschah es dann, daß der Richter in eigener Sache keine Entscheidung treffen konnte, und es somit auch zu keinem Schuldspruch kam. Folgendes war geschehen: Es lebten zwei Bauern in der Nachbarschaft. Der eine besaß eine Stute, der andere einen Wagen. Da es sich so ergab, benutzten sie die Stute und den Wagen gemeinsam. Das ging eine lange Zeit gut. Eines Tages gebar die Stute ein Fohlen, und die beiden Bauern konnten sich nicht darüber einigen, wem das Fohlen gehöre. So trugen sie dem Richter die Sache vor. Aber der mochte kein Urteil fällen. Die Geschichte kam der schönen Gattin des Richters zu Ohren, und sie sagte so: »Man soll die Stute und den Wagen von einem Berg herunterlaufen lassen. Die Stute in die eine, den Wagen in die andere Richtung.«

Wem das Fohlen nachlaufen würde, dessen Besitzer hätte auch das Anrecht auf dieses Tier. Natürlich lief das Fohlen seiner Mutter hinterher, und so wurde dieser Streit entschieden.

Seither sprachen die Leute davon, daß die Richtersgattin klüger sei als er selbst. Das gefiel dem Richter gar nicht, und er forderte seine Frau auf, mit ihrer Habe sein Haus zu verlassen. Die kluge Gattin bat ihren Mann, zum Abschied ein Fest zu geben. Der Richter willigte ein. Mit List gelang es der Frau, den Richter betrunken zu machen, so daß er einschlief. Dann packte sie ihre Habe und den schlafenden Mann auf einen Wagen und fuhr zum Hofe ihres Vaters.

Dort angekommen, wachte der Richter auf und wollte ärgerlich von seiner Frau wissen, wo er sich befände. Die Frau sagte zu ihm, daß er sie doch aufgefordert hätte, all ihre Habe zu nehmen und das Haus zu verlassen. Er gehöre doch auch dazu, und so hätte sie ihn mitgenommen. Eine Weile schwieg der Richter, dann lachte er laut auf, lud seine Frau auf den Wagen und fuhr mit ihr zurück. Sie sollen noch lange glücklich zusammen gelebt haben.

Über das Rauchen und Tabakschnupfen

Vor langer Zeit wußten die Leute noch nichts vom Rauchen und Tabakschnupfen. Da geschah eines Tages ein Ereignis, welches zur Ursache des Rauchens werden sollte.

Ein armer Mann hatte aus Kummer seinen ganzen Lohn vertrunken. Er besaß keinen Pfennig und konnte nicht einmal mehr Brot für seine Frau und Kinder kaufen. Aus Verzweiflung wollte der Saufbold sich aufhängen. Er drehte sich einen Strick und ging in den Wald. Während er noch einen geeigneten Ast suchte, kam ihm ein vornehmer Herr entgegen, der ihn fragte: »Was willst du hier im Wald?« »Ich will mich aufhängen«, antwortete der Mann. »Warum?« wollte der Herr wissen. »Weil ich das ganze Geld vertrunken habe und meine Frau und die Kinder jetzt hungern müssen.«

»Wegen einer solchen Kleinigkeit muß man sich nicht aufhängen«, sagte daraufhin der Herr.

Bei dem Herrn hatte es sich um den Teufel gehandelt, in vornehmer Gestalt. Er besaß unvorstellbare Mengen von Geld und Gold. Er wollte die Seele des armen Mannes und bot ihm ein Geschäft an. »In meinem Garten wächst ein Gras, dessen Namen du erraten mußt. Dazu hast du drei Tage Zeit. Wenn es dir bis dahin nicht gelungen ist, den Namen zu erraten, mußt du zu mir in die Hölle und mein Diener werden. Wenn du einverstanden bist, gebe ich dir einen Beutel voller Geld.« Der arme Mann überlegte nicht lange und nahm das Geld. Der Teufel verschwand und der Mann eilte nach Hause. Er gab seiner Frau das Geld und erzählte ihr von seiner Begegnung mit dem Teufel. Traurig berichtete er auch von dem Pakt, den er mit ihm abgeschlossen hatte. Er würde wohl nicht herausfinden, wie das Gras im Teufelsgarten hieß. Dann müßte er für immer dem Teufel dienen. Die Frau war klug und tröstete ihren Mann: »Kopf hoch, kümmere dich nicht um die Sache. Laß es mich nur machen. Ich werde schon herausfinden, wie das Gras heißt.«

Die geschickte Frau ging in den Wald und rieb sich mit Harz ein. Danach wälzte sie sich so lange in Daunen und Federn, bis sie wie ein großer Vogel aussah. So ging sie in den Teufelsgarten und schlich durch das wunderliche Gras, dessen Namen ihr Mann erraten sollte. Es dauerte nicht lange, da kam der Teufel und sah den komischen Vogel in seinem Gras herumschleichen. »Raus aus meinem Tabak«, brüllte er und verriet der listigen Frau ungewollt den Namen des Grases. Diese verließ schnell den Garten und murmelte auf dem Heimweg immer vor sich hin: »Tabak, Tabak, Tabak!«
Ihr Mann, dem sie von ihrem Besuch im Teufelsgarten sofort erzählte, wollte ihr nicht glauben. Schließlich überzeugte sie ihn doch. Am dritten Tag ging er zum Teufel, der sich schon freute, einen neuen Diener zu bekommen.
»Na, wie heißt denn mein Gras?« fragte er den Mann und rieb sich seine Teufelskrallen. »Tabak«, kam es noch etwas wankelmütig über die Lippen des Mannes. »Tabak«, sagte er noch einmal, zum Ärger und zur Überraschung des Teufels. Der hielt sein Versprechen und ließ den Mann gehen. Beim Abschied sagte er noch: »Da du schon so klug warst, den Namen zu erraten, gebe ich dir von meinem Tabak zu probieren. Den groben Tabak sollst du in der Pfeife rauchen, den feinen in die Nase ziehen.« Freudig nahm der Mann den Tabak und ging nach Hause. So fing er an, die Pfeife zu rauchen und Tabak zu schnupfen. Mit der Zeit wurde es ein Laster, und der Tabak war bald aufgebraucht. Er hatte sich so stark an das Rauchen gewöhnt, daß er seine Frau in den Höllengarten schickte, um Tabaksamen zu stehlen.
So wurde für diesen Mann, und für viele Menschen danach, das Rauchen und Schnupfen zur Gewohnheit.
Eine teuflische Gewohnheit.

Lettland

Territorium 65.800 qkm

Es leben ca. 1,6 Millionen Letten
auf der Welt, davon
1,3 Millionen in ihrer Heimat,
weitere 100.000 in der übrigen
Sowjetunion. 200.000 leben über die
ganze Welt verstreut.

Die ersten ernsthaften Versuche,
die lettische Folklore zu sammeln
und zu erfassen, wurden in den 70er und 80er Jahren
des 19. Jahrhunderts unternommen.
So wurden, abgesehen von den anderen
Folklorearten (Volkslieder usw.),
im Jahre 1900
6000 verschiedene Märchen,
die früher von Mund zu Mund zirkulierten,
katalogisiert.
Zur Zeit schätzt man die Zahl der
Märchen undVolkswitze auf
ca. 67.000.

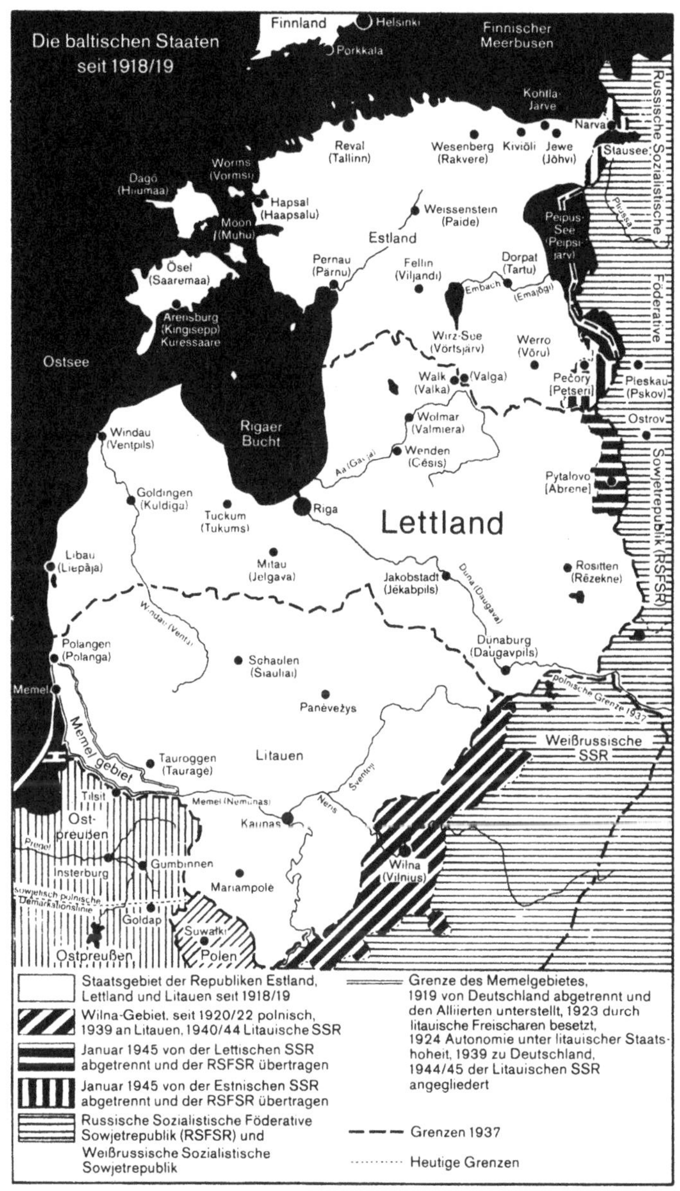

Staatsgebiet der Republiken Estland, Lettland und Litauen seit 1918/19

Wilna-Gebiet, seit 1920/22 polnisch, 1939 an Litauen, 1940/44 Litauische SSR

Januar 1945 von der Lettischen SSR abgetrennt und der RSFSR übertragen

Januar 1945 von der Estnischen SSR abgetrennt und der RSFSR übertragen

Russische Sozialistische Föderative Sowjetrepublik (RSFSR) und Weißrussische Sozialistische Sowjetrepublik

Grenze des Memelgebietes, 1919 von Deutschland abgetrennt und den Alliierten unterstellt, 1923 durch litauische Freischaren besetzt, 1924 Autonomie unter litauischer Staatshoheit, 1939 zu Deutschland, 1944/45 der Litauischen SSR angegliedert

Grenzen 1937

Heutige Grenzen

Inhaltsverzeichnis

In Vorbereitung: Kain ertrug Abel

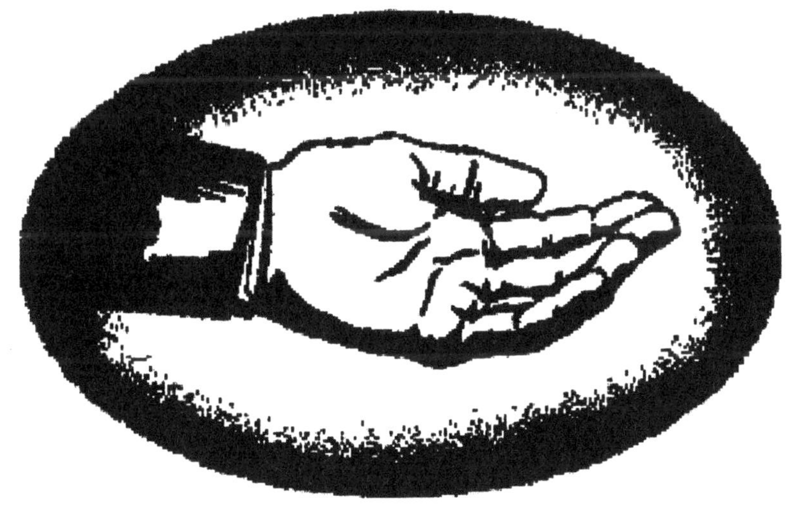